BIBLIOTHÈQUE NATURALISTE

J.-K. HUYSMANS

MARTHE

HISTOIRE D'UNE FILLE

AVEC

UNE EAU-FORTE

IMPRESSIONNISTE

DE J.-L. FORAIN

PARIS

DERVEAUX, ÉDITEUR, 32, RUE D'ANGOULÊME

1879

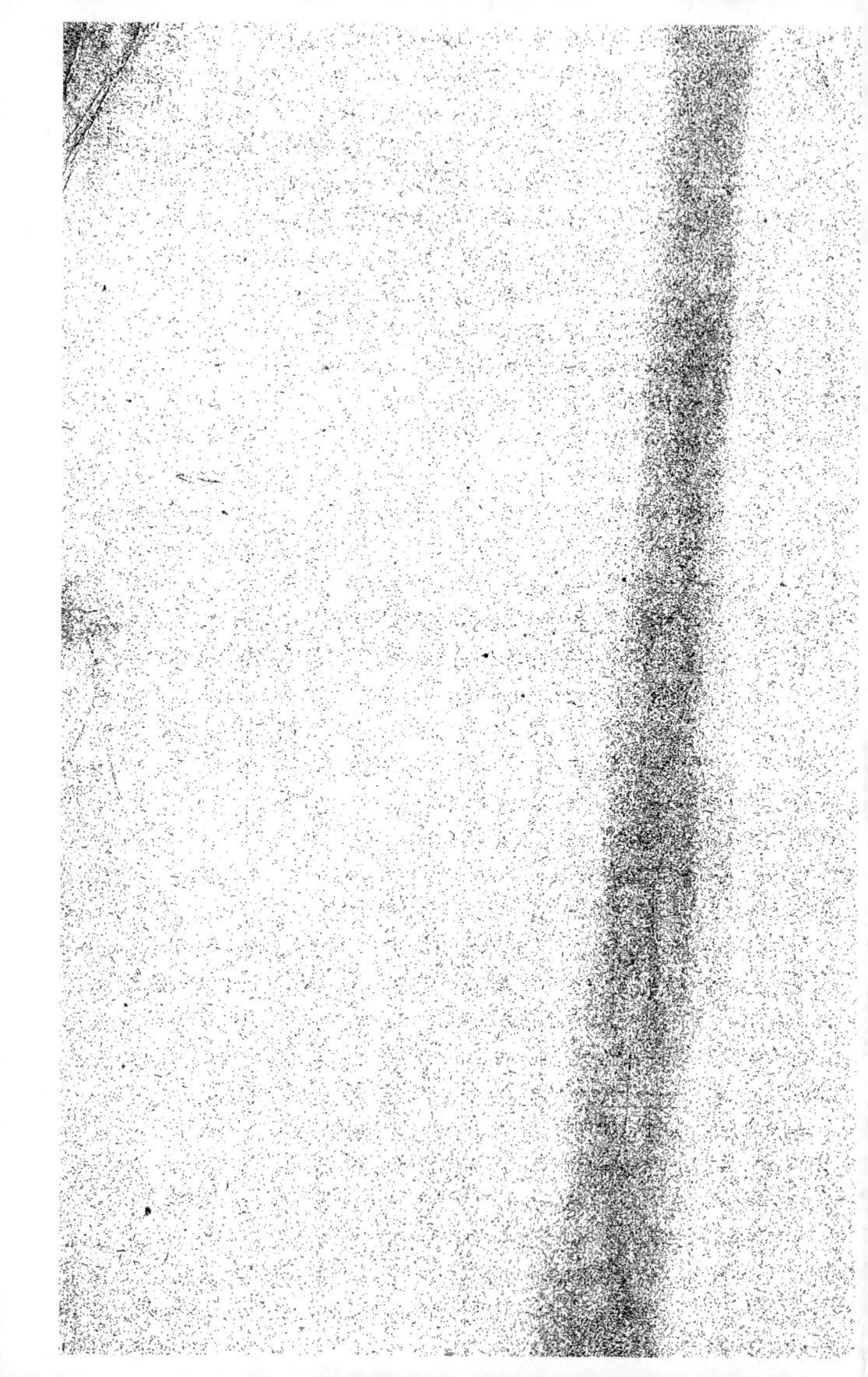

MARTHE

J.-K. HUYSMANS

MARTHE

HISTOIRE D'UNE FILLE

AVEC

UNE EAU-FORTE

IMPRESSIONNISTE

DE J.-L. FORAIN

PARIS

DERVEAUX, ÉDITEUR, 32, RUE D'ANGOULÊME

1879

AVANT-PROPOS

————

« *Achevé d'imprimer à Bruxelles pour Jean Gay, éditeur, le douzième jour de septembre 1876, par les soins de Félix Callewaert, père, imprimeur,* » ce livre a été mis en vente, le 1ᵉʳ octobre suivant, à *Bruxelles.*

Vers le milieu du mois d'août de la même année, je me trouvais, dans

1

cette ville, en train de surveiller l'impression de Marthe, lorsque j'appris que M. de Goncourt se proposait de faire paraître un roman dont le sujet pouvait ressembler au mien : la Fille Élisa. J'ajouterai que les bruits annonçant l'apparition de ce livre pour le 1er novembre 1876 étaient faux, puisque la Fille Élisa n'a été mise en vente à Paris que le 20 mars 1877.

Quoi qu'il en fût, j'eus peur alors d'être devancé et, hâtant la toilette imprimée de Marthe, je fis inscrire, à sa dernière page, l'acte de naissance mentionné plus haut.

Ce volume, le premier roman que j'ai écrit, a été épuisé en quelques jours. Le prix élevé qu'il a rapidement atteint n'en permet plus l'achat qu'aux amateurs de livres rares. M. Derveaux a pensé que les personnes qui avaient bien voulu s'intéresser aux Sœurs Vatard seraient peut-être satisfaites de pouvoir se procurer aisément ce roman naturaliste du même auteur. Tel est le motif qui a décidé l'édition française de Marthe.

J'ai eu, je l'avoue, l'intention de la refaire de fond en comble; il m'a semblé que je l'écrirais maintenant dans une langue moins tourmentée et plus facile, puis j'ai voulu qu'elle restât telle qu'elle était, qu'elle gardât ses défauts et ses audaces de jeunesse ; j'ai surtout voulu qu'on ne m'accusât point d'y avoir changé un mot depuis la venue postérieure du roman de M. de Goncourt.

Je crois inutile de discuter maintenant sur le sujet qu'il m'a plu de traiter. Les clameurs indignées que les derniers idéalistes ont poussées dès l'apparition de Marthe et des Sœurs Vatard ne m'ont guère ému.

Je fais ce que je vois, ce que je

sens et ce que j'ai vécu, en l'écri-
vant du mieux que je puis, et voilà
tout,

Cette explication n'est pas une excuse, c'est simplement la constatation
du but que je poursuis en art.

— Tiens, vois-tu, petite, disait Ginginet, étendu sur le velours pisseux de la banquette, tu ne chantes pas mal, tu es gracieuse, tu as une certaine entente de la scène, mais ce n'est pas encore cela. Écoute-moi bien, c'est un vieux cabotin, une roulure de la province et de l'étranger qui te parle, un vieux loup de planche, aussi fort sur les tréteaux qu'un marin sur

la mer, eh bien! tu n'es pas encore
assez canaille! ça viendra, bibiche,
mais tu ne donnes pas encore assez
moelleusement le coup des hanches
qui doit pimenter le « boum » de la
grosse caisse. Tiens, vois, j'ai les
jambes en branches de pincettes faus-
sées, les bras en ceps de vigne, j'ouvre
la gueule comme la grenouille d'un
tonneau, je fais le mille pour les palets
de plomb, vlan! la cymbale claque, je
remue le tout, je râpe le dernier mot
du couplet, je me gargarise d'une rou-
lade ratée, j'empoigne le public. C'est
ce qu'il faut. Allons, dégosille ton couplet, je t'apprendrai, à mesure que tu le
goualeras, les nuances à observer. Une,
deux, trois, attention, papa entr'ouvre
son tube auriculaire, papa t'écoute.

— Dites-donc, mademoiselle Marthe, voilà une lettre que l'ouvreuse m'a dit de vous remettre, grasseya une grosse fille roupieuse.

— Ah! elle est bien bonne, s'écria l'enfant; regarde donc, Ginginet, ce que je viens de recevoir, c'est pas poli, sais-tu?

Le comédien déploya le papier et les coins de ses lèvres remontèrent jusqu'aux ailes de son nez, découvrant des gencives frottées de rouge, faisant craquer le masque de fard et de plâtre qui lui vernissait la face.

— C'est des vers, clama-t-il, visiblement alarmé, autrement dit, celui qui te les envoie est un homme sans le sou. Un monsieur bien n'envoie pas de vers!

Les camarades s'étaient rassemblés
pendant ce colloque. Il faisait ce soir-
là un froid polaire, les coulisses avec
leurs courants d'air étaient glaciales ;
tous les histrions se pressaient devant
un feu de coke qui flambait dans la
cheminée.

— Qu'est-ce que c'est que ça, dit une
actrice, insolemment décolletée du haut
en bas ?

— Oyez, dit Ginginet, et il lut, au
milieu de l'attention générale, le sonnet
suivant :

A UNE CHANTEUSE

Un fifre qui piaule et siffle d'un ton sec,
Un basson qui nasille, un vieux qui s'époumonne
A cracher ses chicots dans le cou d'un trombonne,
Un violon qui tinte ainsi qu'un vieux rebec,

Un flageolet poussif dont on suce le bec,
Un piston grincheux, la grosse caisse qui tonne,
Tel est, avec un chef pansu comme une tonne,
Scrofuleux, laid enfin à tenir en échec

La femme la plus apte aux amoureuses lices,
L'orchestre du théâtre. — Et c'est là cependant
Que toi, mon seul amour, toi, mes seules délices,

Tu brames tous les soirs d'infâmes ritournelles
Et que, la bouche en cœur, l'œil clos, le bras pendant,
Tu souris aux voyous, ô la Reine des belles !

Et ce n'est pas signé !

— Dis donc, Ginginet, cela s'appelle casser du sucre sur la tête du chef d'orchestre ; il faudra lui montrer ces « versses, » ça le fera rogner, ce râcleur !

— Allons, mesdames, en scène, cria un monsieur vêtu d'un chapeau noir et d'un mac-farlane bleu ; en place, l'orchestre commence !

Les femmes se levèrent, jetèrent un manteau sur leurs épaules nues, se secouèrent toutes frissonnantes et, suivies par les hommes qui interrompaient leur pipe ou leur partie de bezigue, s'en furent à la queue leu-leu par la petite porte qui donnait accès dans les coulisses.

Le pompier de service était à son poste et, bien qu'à moitié mort de froid, il avait des flambes dans les yeux quand il regardait le dessous des jupes de quelques danseuses égarées dans cette revue. Le régisseur frappa les trois coups, la toile se leva lentement, découvrant une salle bondée de monde.

A n'en pas douter, le spectacle le plus intéressant n'était pas sur la

scène, mais bien dans la salle. Le
théâtre de Bobino, dit Bobinche, n'était
point rempli, comme ceux de Mont-
parnasse, de Grenelle et des autres
anciennes banlieues, par des ouvriers
qui voulaient écouter sérieusement
une pièce. Bobino avait pour clien-
tèle, les étudiants et les artistes, une
race bruyante et gouailleuse si jamais il en fût. Ils ne venaient point
dans cette cahute, tapissée de mé-
chant papier amarante, pour se pâmer
aux lourds mélodrames ou aux folles
revues, ils venaient pour crier, rire,
interrompre la pièce, s'amuser enfin !
Aussi le rideau fut-il à peine remonté
que les braiments commencèrent ;
mais Ginginet n'était pas homme à
s'émouvoir pour si peu, sa longue

carrière dramatique l'avait accou-
tumé aux vacarmes et aux huées. Il
salua gracieusement ceux qui l'interrompaient, conversa avec eux, entre-
mêlant son rôle de boutades à l'a-
dresse des braillards ; bref il se fit
applaudir. La pièce marchait cependant assez mal, elle clopinait dès la
seconde scène. La salle recommença
à tempêter. Ce qui la délecta, ce fut
surtout l'entrée d'une actrice énorme
dont le nez marinait dans un lac de
graisse. La tirade éjaculée par la
bonde de cette cuve humaine, fut
scandée à grands renforts de « la-
rifla, fla, fla. » La pauvre femme
était ahurie et ne savait si elle devait
rester ou fuir. Marthe parut : le cha-
rivari cessa.

Elle était charmante avec son costume qu'elle avait elle-même découpé
dans des moires et des soies à for-
fait. Une cuirasse rose, couturée de
fausses perles, une cuirasse d'un rose
exquis, de ce rose faiblissant et
comme expiré des étoffes du Levant,
serrait ses hanches mal contenues
dans leur prison de soie ; avec son
casque de cheveux opulemment roux,
ses lèvres qui titillaient, humides,
voraces, rouges, elle enchantait, irré-
sistiblement séduisante !

Les deux plus intrépides hurleurs
qui se répondaient de l'orchestre au
paradis, avaient cessé leurs cris :
« anneau brisé, la sûreté des clefs,
cinq centimes, un sou ! orgeat, limo-
nade, bière ! » Soutenue par le souf-

fleur et par Ginginet, Marthe fut ap-
plaudie à outrance. Dès que sa ro-
mance fut versée, le brouhaha reprit
plus furieusement. Le peintre qui
siégeait aux stalles du bas, et l'étu-
diant en vareuse rouge qui nichait
en haut, au poulailler, s'égosillèrent
de plus belle, en lazzis et en calem-
bredaines, à la grande joie des spec-
tateurs que la pièce ennuyait à mourir.

Accotée près de la rampe, à l'un
des portants, Marthe regardait la
salle et se demandait lequel de ces
jeunes gens avait pu lui adresser la
lettre, mais tous les yeux étaient
braqués sur elle, tous flamboyaient
en l'honneur de sa gorge ; il lui fut
impossible de découvrir parmi tous

ces admirateurs celui qui lui avait envoyé le sonnet.

La toile tomba sans que sa curiosité fût assouvie.

Le lendemain soir, les acteurs étaient d'humeur massacrante, ils s'attendaient à un nouveau vacarme et le Directeur qui remplissait les fonctions de régisseur, vu l'absence des fonds, se promenait fiévreusement sur la scène, attendant que le rideau se levât.

Il se sentit soudain frappé sur l'épaule et, se retournant, se trouva face à face avec un jeune homme qui lui serra la main et, très calme, dit :

— Vous vous portez toujours bien ?

2

— Mais... mais oui... pas mal...
et vous ?

— Ça boulotte, je vous remercie.
Maintenant entendons-nous : vous ne
me connaissez pas, moi non plus.
Eh bien ! je suis journaliste et j'ai
l'intention d'écrire un article mirifique
sur votre théâtre.

— Ah ! enchanté, bien ravi, certainement ! mais dans quel journal
écrivez-vous ?

— Dans la *Revue mensuelle*.

— Connais pas. Et ça paraît quand ?

— Généralement tous les mois.

— Enfin... asseyez-vous donc ?

— Je vous remercie, mais je n'en
profiterai pas.

Et il s'en fut dans le foyer où ja-
cassaient les acteurs et les actrices.

C'était un habile homme que le nouveau venu ! il dit un mot aimable à
l'un, un mot aimable à l'autre, promit à tout le monde un article gra-
cieux, à Marthe surtout qu'il regardait d'un œil si goulu qu'elle n'eut
pas de peine à deviner qu'il était
l'auteur de la lettre.

Il revint les jours suivants, lui fit
la cour ; bref, il parvint un soir à
l'entraîner chez lui.

Ginginet, qui surveillait le manège
du jeune homme entra dans une furieuse colère qu'il épancha, à grands
flots, dans le sein de Bourdeau, son
collègue et ami.

Tous deux s'étaient attablés dans
un cabaret des plus borgnes, pour
boire chopine ensemble. Je dois à

la vérité de dire que Ginginet s'était
teint depuis l'après-midi, la garga-
melle d'un rouge des plus vifs ; il
prétendait avoir dans la gorge des
dunes qu'il arrosait à grandes vagues
de vin ; bientôt il pencha, pencha la
tête sur la table, trempa son nez dans
le verre et, sans s'adresser à son
compagnon qui dormassait plus ivre
que lui peut-être, il éructa, un mo-
nologue pointillé et haché par une
série de soubresauts et de hoquets.

Bête, la petite, très bête, supé-
rieurement bête, ah ! mais oui !
prendre un amant c'est bien s'il est
riche ; mieux vaut sans cela garder
le vieux museau de Ginginet — pas
beau, c'est vrai — Ginginet — pas
jeune, c'est encore vrai, — mais artiste

lui ! artiste ! et elle lui préfère un grelu-
chon qui fait des vers ! un métier de
crève-la-faim ! c'est clair, comme ma
voix — pas ce soir par exemple — je
suis rogomme comme tout — ça me
rappelle tout ça la chanson que je
chantais à Amboise quand j'étais
premier ténor au Grand Théâtre,
ma gloire passée, quoi ! — la chanson
de « ma femme et de mon parapluie. »
Etaient-ils bêtes, au reste, ces cou-
plets ! comme si une poupée et un
landau à baleines c'était pas la
même chose ! tous les deux se re-
tournent et vous lâchent quand il
fait mauvais ! Eh ! Bourdeau, écoute
donc, je te disais que j'étais un père
pour elle, un père noble qui la laissait battre de l'œil devant les jeunes

gens riches, mais devant des pauvres,
devant des raffalés comme ça, pouah !
zut ! raca ! je deviens père sérieux
et ému jusqu'aux larmes, Ginginet
accentua son soliloque par un vigou-
reux coup de poing sur la table, qui
fit moutonner le vin dans son verre
et éclaboussa son vieux masque pelé
de larges gouttes rouges. — Il pleut
dehors, il pleut dedans, poursuivit-il,
bonsoir la compagnie, je vais me
coucher. Eh ! Bourdeau, eh ! las-d'aller ! lève-toi, c'est ton camarluche
qui t'appelle ! ça se chantait autrefois
à Amboise, je ne sais plus sur quel
air par exemple. — Ah ! sambregois !
quel coffre, quel creux j'avais alors !
ô malheur de malheur ! dire que tout
cela est parti en même temps que

mes cheveux ! Eh toi, loufiat, cria-
t-il au garçon, voilà de la braise,
éteins-la, il y a cinq chopines à payer
et en avant les paladins ! et quant
aux bourgeois, lanturlu !

Et ce disant, il harpa par le bras
gauche Bourdeau qui butait des savates, rossignolait du nez, bedonnait
du ventre, dandinait de la hure,
chantait à gueule-que-veux-tu, l'éloge
des guimbardes et des grands vins !

II

Après dix ans de luttes stériles et de
misères impatiemment supportées, Sé-
bastien Landousé, artiste peintre, se
maria, au moment où il commençait à être connu du public, avec
Florence Herbier, ouvrière en perles
fausses. Malheureusement sa santé,
déjà ébranlée par des amours et des
labeurs excessifs, chancela de jours en
jours, si bien qu'après une maladie de

poitrine qui l'étendit pendant six grands
mois sur son lit, il mourut et fut en-
terré, faute d'argent, dans l'un des
recoins de la fosse commune.

Apathique et veule par tempéra-
ment, sa femme se redressa sous le
coup qui la frappait, se mit vaillam-
ment à l'ouvrage, et quand Marthe, sa
fille, eût atteint sa quinzième année et
terminé son apprentissage, elle mourut
à son tour et fut, ainsi que son homme,
enterrée au hasard d'un cimetière.

Marthe gagnait alors, comme ouvrière en perles fausses, un salaire de
quatre francs par jour, mais le métier
était fatigant et malsain et souvent elle
ne pouvait l'exercer.

L'imitation de la perle se fabrique
avec les écailles de l'ablette, pilées et

réduites en une sorte de bouillie qu'un
ouvrier tourne et retourne sans trève.
L'eau, l'alcali, les squammes du pois-
son, le tout se gâte et devient un foyer
d'infection à la moindre chaleur, aussi
prépare-t-on cette pâte dans une cave.
Plus elle est vieille, plus précieuse elle
est. On la conserve dans des carafes,
soigneusement bouchées, et l'on renou-
velle de temps à autre le bain d'ammo-
niaque et d'eau.

Comme chez certains marchands
de vins, les bouteilles portent la men-
tion de l'année où elles furent remplies ;
ainsi que la purée septembrale, cette
purée qui lui se bonifie avec le temps.
A défaut d'étiquettes, on reconnaîtrait
d'ailleurs les jeunes flacons des vieux,
les premiers semblent étamés de gris-

noir, les autres semblent lamés de vif-
argent. Une fois cette compote bien
dense, bien homogène, l'ouvrière doit,
à l'aide d'un chalumeau, l'insuffler dans
des globules de verre ronds ou ovales,
en forme de boules ou de poires, selon
la forme de la perle, et laver le tout à
l'esprit de vin, qu'elle souffle également
avec son chalumeau. Cette opération a
pour but de sécher l'enduit ; il ne reste
plus dès lors, pour donner le poids et
maintenir le tain du verre, qu'à faire
égoutter dans la perle des larmes de cire
vierge. Si son orient est bien argenté de
gris, si elle est seulement ce que le
fabricant appelle un article demi-fin,
elle vaut, telle qu'elle, de 3 francs à
3 fr. 50.

Marthe passait donc ses journées à

remplir les boules et, le soir, quand sa
tâche était terminée, elle allait à Mont-
rouge, chez le frère de sa mère, un ouvrier luthier, ou bien rentrait chez elle
et, glacée par la froideur de ce logement vide, se couchait au plus vite,
s'essayant à tuer par le sommeil la tristesse des longues soirées claires.

C'était, au reste, une singulière fille.
Des ardeurs étranges, un dégoût de
métier, une haine de misère, une aspi-
ration maladive d'inconnu, une déses-
pérance non résignée, le souvenir poi-
gnant des mauvais jours sans pain,
près de son père malade; la conviction,
née des rancunes de l'artiste dédaigné,
que la protection acquise au prix de
toutes les lâchetés et de toutes les vilenies est tout ici-bas; une appétence de

bien-être et d'éclat, un alanguissement
morbide, une disposition à la névrose
qu'elle tenait de son père, une certaine
paresse instinctive qu'elle tenait de sa
mère, si brave dans les moments pé-
nibles, si lâche quand la nécessité ne la
tenaillait point, fourmillaient et bouil-
lonnaient furieusement en elle.

L'atelier n'était malheureusement pas
fait pour raffermir son courage à bout
de force, pour relever sa vertu aux
abois.

Un atelier de femmes, c'est l'anti-
chambre de Saint-Lazare. Marthe ne
tarda pas à s'aguerrir aux conversations de ses compagnes ; courbées tout
le jour sur le bol d'écailles, entre
l'insufflation de deux perles, elles devisaient à perte de vue. A vrai dire,

la conversation variait peu; toujours
elle roulait sur l'homme. Une telle
vivait avec un monsieur très bien,
recevait tant par mois, et toutes d'ad-
mirer son nouveau médaillon, ses
bagues, ses boucles d'oreilles; toutes
de la jalouser et de pressurer leurs
amants pour en avoir de semblables.
Une fille est perdue dès qu'elle voit
d'autres filles : les conversations des
collégiens au lycée ne sont rien près
de celles des ouvrières; l'atelier, c'est
la pierre de touche des vertus, l'or
y est rare, le cuivre abondant. Une
fillette ne choppe pas, comme le di-
sent les romanciers, par amour, par
entraînement des sens, mais beaucoup
par orgueil et un peu par curiosité.
Marthe écoutait les exploits de ses

amies, leurs doux et meurtriers com-
bats, l'œil agrandi, la bouche brûlée
de fièvre. Les autres riaient d'elle et
l'avaient surnommée « la petite serine. »
A les entendre, tous les hommes
étaient parfaitement imbéciles ! Une
telle s'était moquée de l'un d'eux, la
veille au soir, et l'avait fait poser à
un rendez-vous; il n'en serait que
plus affamé; une autre faisait le malheur de son amant, qui l'aimait d'autant plus qu'elle lui était moins
fidèle; toutes trompaient leurs ser-
vants ou les faisaient toupiller comme
des tontons, et toutes s'en faisaient
gloire ! Marthe ne rougissait déjà plus
des gravelures qu'elle entendait, elle
rougissait de n'être pas à la hauteur
de ses compagnes. Elle n'hésitait déjà

plus à se donner, elle attendait une occasion propice. D'ailleurs, la vie qu'elle menait lui était insupportable! Ne jamais rire! Ne jamais s'amuser! N'avoir pour distraction que la maison de son oncle, une bicoque, louée à la semaine, où s'entassaient, pêle-mêle, oncle, tante, enfants, chiens et chats. Le soir, on jouait au loto, à ce jeu idéalement bête, et l'on marquait les quines avec des boutons de culotte; les jours de grande fête, on buvait un verre de vin chaud entre les parties, et l'on écossait parfois des marrons grillés ou des châtaignes bouillies. Ces joies de pauvres l'exaspéraient et elle préférait encore aller chez une de ses amies qui vivait en concubinage avec un homme. Mais

3

tous deux étaient jeunes et ne se las-
saient de s'embrasser. La situation
d'un tiers dans ces duos est toujours
ridicule, aussi les quittait-elle, plus
attristée et plus agacée que jamais !
Oh ! elle en avait assez de cette vie
solitaire, de cet éternel supplice de
Tantale, de ce prurit invincible de
caresses et d'or ! Il fallait en finir, et
elle y songeait. Elle était suivie, tous
les soirs, par un homme déjà âgé qui
lui promettait monts et merveilles, et un
jeune homme qui habitait dans sa
maison, à l'étage au-dessous, la frôlait
dans l'escalier et lui demandait doucement pardon quand son bras effleu-
rait le sien. Le choix n'était pas dou-
teux. Le vieux l'emportait, dans cette
balance du cœur, où l'un ne pouvait

mettre que sa bonne grâce et sa jeunesse et où l'autre jetait l'épée de
Brennus : le bien-être et l'or ! Il avait
aussi un certain ton d'homme bien
élevé qui flattait la jeune fille, par ce
motif que ses compagnes n'avaient
pour amants que des rustres, des ca-
licots ou des commis de quincaillerie.
Elle céda..... n'ayant seulement pas
pour excuse ces passions qui font
crier sous le feu et s'abandonner corps
et âme... Elle céda et fut profondé-
ment dégoûtée. Le lendemain, cependant, elle raconta à ses camarades
sa défaillance, qu'elle regrettait alors !
Elle se montra fière de sa vaillantise
et, devant tout l'atelier, prit le bras
du vieux polisson qui l'avait achetée !
Mais son courage ne fut pas de longue

durée; les nerfs se rebellèrent et, un
soir, elle jeta à la porte argent et
vieillard, et se résolut à reprendre sa
vie d'autrefois. C'est l'histoire de ceux
qui fument et qui, malades d'écœurement, jurent de ne plus recom-
mencer et recommencent jusqu'à ce
que l'estomac consente à se laisser
dompter. Après une pipe, une autre;
après un amant, un second. Cette
fois, elle voulut aimer un jeune homme,
comme si cela se commandait ! Celui-
là l'aima... presque, mais il fut si
doux et si respectueux qu'elle s'a-
charna à le faire souffrir. Ils finirent
par se séparer d'un commun accord.
— Oh! alors, elle fit comme les autres; une semaine, trois jours, deux,
un, la rassasièrent avec leur impor-

tunité des caresses subies. Sur ces
entrefaites, elle tomba malade et, dès
qu'elle se rétablit, fut abandonnée par
son amant; pour comble de malheur,
le médecin lui ordonna expressément
de ne pas continuer son métier de
souffleuse de perles. Que faire alors?
Que devenir? C'était la misère, d'autant plus opprimante que le souvenir
du bien-être qu'elle avait goûté avec
son premier homme lui revenait sans
cesse. Elle s'essaya dans d'autres
professions, mais les faibles salaires
qu'elle obtint la détournèrent de tenter
de nouveaux efforts. Un beau soir,
la faim la roula dans la boue des
priapées; elle s'y étendit de tout son
long et ne se releva point.

Elle allait alors à vau-l'eau, man-

geant à même ses gains de hasard,
souffrant le jeûne quand la bise soufflait. L'apprentissage de ce nouveau
métier était fait ; elle était passée
vassale du premier venu, ouvrière
en passions. Un soir, elle rencontra
dans un bal où elle cherchait fortune
en compagnie d'une grande gaupe, à
la taille joncée et aux yeux couleur
de terre de sienne, un jeune homme
qui semblait en quête d'aventures.
Marthe, avec sa bouche aux rougeurs
de groseille, sa petite moue câline
alors qu'il la lutina, sa prestance de
déesse de barrière, son regard qui se
mourait, en brûlant, affama ce naïf,
qu'elle emmena chez elle. Cet accident devint bientôt une habitude. Ils
finirent même par vivre ensemble.

Chassés d'hôtels en hôtels, ils se
blottirent dans un affreux terrier situé
rue du Cherche-Midi.

Cette maison avait toutes les allures
d'un bouge. Porte rouilleuse, zébrée
de sang de bœuf et d'ocre, long corridor obscur dont les murs suintaient
des gouttes noires comme du café,
escalier étrange, criant à chaque pesée
de bottes, imprégné des immondes
senteurs des éviers et de l'odeur des
latrines dont les portes battaient à tous
les vents. Ce fut au troisième étage
de ce logis qu'ils choisirent une chambre, tapissée de papier à fleurs, éraillé
par endroits, laissant couler par d'autres une pluie fine de plâtre. Il n'y
avait même plus dans cet habitacle les
vases d'albâtre et de porcelaine peinte,

la pendule sans aiguilles, la glace piquée par les chiures des mouches; il
n'y avait même plus ce dernier luxe
des hôtels garnis, la gravure coloriée
de Napoléon blessé au pied et re-
montant à cheval; les murs désha-
billés pissaient des gouttelettes jaunes
et le carreau, avec ses plaques de
vernis écarlate, semblait une peau malade marbrée d'érosions rouges. Pour
tout mobilier, un lit en bois sale, une
table sans tiroir, des rideaux de perse
bituminés et raidis par la crasse, une
chaise sans fond et un vieux fauteuil
qui se rigolait seul, près de la cheminée, riant par toutes ses crevasses,
tirant, commé pour les narguer, ses
langues de crin noir par toutes les
fentes de ses gueules de velours.

Ils y restèrent pendant huit semaines, vivant d'expédients, buvant et mangeant d'inénarrables choses. Marthe commençait à envier un autre sort, quand elle découvrit qu'elle était enceinte de plusieurs mois. Elle fondit en larmes, avoua à son amant que l'enfant n'était pas de lui, dit qu'elle lui rendait toute sa liberté, se l'attacha irrémédiablement par cette feinte et, d'accord avec le malheureux, se résolut à se priver du superflu pour mettre de côté la somme nécessaire à son accouchement.

Ils n'en eurent point la peine — une chute qu'elle fit dans l'escalier accéléra sa délivrance. Par une claire nuit de décembre, alors qu'ils n'avaient le sou, ni l'un, ni l'autre, elle

ressentit les premières douleurs de
l'enfantement. Le jeune homme se
précipita dehors, en quête d'une sage-
femme qu'il ramena sur l'heure.

— Mais on gèle ici, cria cette pro-
vidence à cabas, en entrant dans la
chambre ; il faudrait allumer du
feu.

Craignant que si cette femme devi-
nait leur misère elle ne demandât à
être payée d'avance, Marthe pria son
amant de chercher la clef de la cave
au bois, — elle devait être dans la
poche de sa robe ou sur la cheminée. L'autre était tellement ébahi qu'il
cherchait presque sérieusement cette
clef, quand Marthe se raidit, poussa
un long gémissement et retomba,
inerte et blanche, sur le grabat. —

Elle venait de mettre au monde une petite fille.

La sage-femme nettoya l'enfant, l'enveloppa et s'en fût, annonçant qu'elle reviendrait le lendemain, au jour.

La nuit fut invraisemblablement triste. La fille gémissait et se plaignait de ne pouvoir dormir; le garçon, mourant de froid, s'était assis sur le fauteuil et berçait la mioche, qui vagissait de lamentable façon. Vers trois heures, la neige tomba, le vent se prit à mugir dans le corridor, ébranlant les fenêtres mal jointes, souffletant la bougie qui coulait éperdue, chassant de la cheminée les cendres qui volèrent dans la pièce. L'enfant était gelée et avait faim; pour comble

de malheur, ses langes se défirent et,
rendu inhabile par ces raffales qui lui
glaçaient les mains, le jeune homme
ne put jamais parvenir à les remettre.
Détail trivialement horrible, cette chambre sans feu le rendit malade et il ne
sut plus que devenir, la pauvrette
criant de plus en plus fort dès qu'il
ne la berçait point.

Le résultat de cette veillée fut que
l'enfant et l'homme moururent : l'une
de faiblesse et de froid, l'autre d'une
incomparable hydropisie que cette nuit
hâta. Seule, la fille sortit de la tour-
mente, plus fraîche et plus affriolante
que jamais. Elle vécut pendant quelque temps, à l'affût des carrefours,
jusqu'au soir où, découragée et ne
trouvant plus elle-même de boue où

ramasser son pain, elle fit la rencontre d'une ancienne camarade de
fabrique. Celle-là n'avait pas eu besoin
de toucher un récif, elle avait sombré
en pleine mer, corps et biens. Cet inci-
dent décida du sort de Marthe. L'autre
lui vanta les profits de sa condition ; elle
but deux verres de trop, accompagna
son amie jusqu'au bord de l'antre, y
hasarda un pied, croyant pouvoir le
retirer quand bon lui semblerait.

Le lendemain elle était servante atti-
trée d'une buvette d'amour.

III

Encore qu'elle bût jusqu'à en mourir, pour oublier l'abominable vie qu'elle
menait, elle n'avait pu se résigner à
cette abdication d'elle-même, à cette
geôle infrangible, à cet odieux métier
qui n'admettait ni répugnance, ni lassi-
tude.

Elle n'avait pu oublier encore, dans le
morne abrutissement des ripailles, cette
terrible vie qui vous jette, de huit heures

du soir à trois heures du matin, sur un
divan; qui vous force à sourire, qu'on
soit gaie ou triste, malade ou non; qui
vous force à vous étendre près d'un affreux ivrogne, à le subir, à le contenter,
vie plus effroyable que toutes les géhen-
nes rêvées par les poètes, que toutes
les galères, que tous les pontons, car il
n'existe pas d'état, si avilissant, si misérable qu'il puisse être, qui égale en
abjects labeurs, en sinistres fatigues,
le métier de ces malheureuses!

Les angoisses, les dégoûts de cette
fille s'étaient ravivés ce soir-là. Elle
gisait depuis vingt minutes, éboulée sur
un amas de coussins, paraissant écouter
le caquetage de ses compagnes, tremblant au moindre bruit de pas.

Elle se sentait écœurée et lasse,

comme au sortir de longues crapules.
Par instants, ses douleurs semblaient
s'apaiser et elle regardait d'un œil
ébloui les splendeurs qui l'entouraient.
Ces girandoles de bougies, ces murs
tendus de satin, d'un rouge mat, gaufré
de fleurs en soie blanche, miroitant
comme des grains d'argent, dansaient
devant ses yeux et pétillaient comme
de blanches étincelles sur la pourpre
d'un brasier ; puis sa vue se rassérénait
et elle se voyait, dans une grande glace
à cadre de verre, prostrée impudem-
ment sur une banquette, coiffée comme
pour aller au bal, les chairs relevées de
dentelles pimentées d'odeurs fortes.

Elle ne pouvait croire que cette image
fût la sienne. Elle regardait avec étonnement ses bras poudrés de perline, ses

sourcils charbonnés, ses lèvres rouges comme des viandes saignantes, ses jambes revêtues de bas de soie cerise, sa poitrine ramassée et peureuse, tout l'appât troublant de ses chairs qui frissonnaient sous les fanfioles du peignoir. Ses yeux l'effrayèrent, ils lui parurent, dans leur cerne de pensil, s'être creusés bizarrement et elle découvrit, dans leur subite profondeur, je ne sais quelle expression enfantine et canaille qui la fit rougir sous son fard.

Puis, elle regardait avec hébétement les poses étranges de ses camarades, des beautés falotes et vulgaires, des caillettes agaçantes, des hommasses et des maigriottes, étendues sur le ventre, la tête dans les mains, accroupies comme des chiennes, sur un tabouret,

accrochées comme des oripeaux, sur
des coins de divans, les cheveux édifiés
de toutes sortes : spirales ondées, fri-
sons crêpelés, boucles rondissantes,
chignons gigantesques, constellés de
marguerites blanches et rouges, de tor-
sades de fausses perles, crinières noires
ou blondes, pommadées ou poudrées
d'une neige de riz.

Les peignoirs sans manches, ratta-
chés aux épaules par des pattes ruban-
tées de soie tendre, flottaient larges et
laissaient entrevoir, sous leur diaphane
ampleur, l'affriolante nudité des corps.

Les bijoux papillotaient, les rubis et
les strass arrêtaient au passage des filées
de lumière et, debout devant une glace,
tournant le dos à la porte, une femme,
les bras levés, enfonçait une épingle

dans la sombre épaisseur de sa che-
velure.

Son grand peignoir de gaze remontait
avec le mouvement des bras et laissait
un large espace entre sa pâle vapeur
et le granit des chairs ; les seins se re-
dressaient aussi dans cet enlèvement
des coudes et leurs orbes bombaient,
blancs et durs, dans des frises de ro-
settes. Une raie filant de la nuque,
un peu renversée, se brisait dans ces
plis ondulants qui relient les hanches
et, sillonnée d'une courbure profonde,
la croupe renflait ses neigeuses ron-
deurs sur deux jambes que rosait au
dessus du genou le serré des jarre-
tières.

Et dans ce salon, tout imprégné des
odeurs furieuses de l'ambre et du pat-

chouli, c'était un vacarme, un brouhaha, un tohu-bohu! Des rires éclataient,
semblables à des escopetteries, des disputes se croisaient en tous sens, char-
riant, dans leurs flots précipités, des
roulements d'ignominies et d'ordures.

Soudain un coup de timbre retentit.
Le silence se fit comme par enchante-
ment. Chacune s'assit, et celles qui dor-
massaient sur les banquettes se réveil-
lèrent en sursaut et se frottèrent les
yeux, s'efforçant de rallumer pour une
seconde la flamme de leur regard, alors
qu'un passager montait sur le pont pour
embarquer.

La porte s'ouvrit, et deux jeunes gens
entrèrent dans la pièce.

La débutante baissait la tête, s'effa-
çant du mieux qu'elle pouvait, tâchant

de se faire petite pour n'être pas remar-
quée, fixant obstinément les rosaces du
tapis, sentant le regard de ces hommes
fouiller sous la gaze..

Oh! qu'elle les méprisait ces gens qui
venaient la voir! Elle ne comprenait
pas que la plupart de ceux qui s'attar-
daient près d'elle, venaient oublier,
dans l'énervement de sa couche, de per-
sistants ennuis, de saignantes rancunes,
d'intarissables douleurs; elle ne comprenait pas qu'après avoir été trompés
par des femmes qu'ils aimaient, après
avoir humé des vins capiteux dans des
verres de mousseline et s'être déchiré les
lèvres aux éclats de ces verres, la plupart ne voulaient plus boire que des
vins frelatés dans les chopes épaisses
des cabarets!

L'un de ces hommes lui fit signe. Elle
ne bougeait, implorant du regard ses
compagnes, mais toutes riaient et se
gaussaient d'elle ; seule, Madame la
fixait de son œil mort. Elle eut peur, se
leva, comme ces mules qui, après s'être
butées, s'élancent tout à coup sous le
cinglement d'un coup de fouet ; elle tra-
versa le salon, trébuchante, assourdie
par une grêle de cris et d'éclats de rire.

Elle montait l'escalier, s'appuyant au
mur, sentant d'amères nausées lui battre
la poitrine comme une houle ; une
bonne ouvrit la porte et s'effaça pour
les laisser passer.

Il entra, et elle, défaillante, laissa retomber derrière elle la lourde portière.

Elle se réveilla le lendemain, soûle
d'ignominie, et n'eut qu'un but, qu'une

idée, s'échapper de l'immonde maison, aller oublier au loin d'inoubliables maux.

L'atmosphère de cette chambre, alourdie par les émanations musquées des maquillages, ces fenêtres cadenassées, ces tentures épaisses, tiédies au souffle des charbons encore roses, ce lit démembré et saccagé par le pillage des nuits, la dégoûtèrent jusqu'au vomissement. Tout le monde dormait : elle s'habilla, descendit l'escalier en toute hâte, tira les verrous, et s'élança dans la rue. Ah ! alors, elle respira ! Elle marchait au hasard, ne pensant à rien. Elle était comme ivre. Soudain, le sentiment de ses maux la poigna, elle se rappela qu'elle fuyait les saturnales, qu'elle était en rupture de ban, et elle

jeta un coup d'œil de bête épeurée au-
tour d'elle.

Elle se trouvait alors dans le bas du
boulevard Saint-Michel, lorsque deux
sergents de ville descendirent tranqu
lement vers la Seine. Une indéfinissable
angoisse lui serra la gorge, ses jambes
fléchirent, il lui sembla que ces hommes
allaient l'arrêter et la traîner au poste.
Le soleil qui pleuvait en gouttes blondes
sur l'asphalte bordée d'arbres lui parut
la mettre, seule, en lumière et montrer
à tous qui elle était. Elle s'enfuit dans
une de ces petites rues sombres qui relient le boulevard à la place Maubert.
Elle se sentait plus à l'aise dans les té-
nèbres de ces portes qui bâillent sur les
trottoirs. Elle reprit haleine dans l'un
de ces corridors qui exhalent des bouf-

fées de cave, puis elle reprit sa marche.
Pendant ces quelques minutes de repos
l'affolement avait cessé, elle songeait
à aller demander asile à l'une de ses
amies qui demeurait rue Monge; elle
frappa inutilement à sa porte et, sur
l'assurance donnée par la concierge,
qu'elle ne tarderait pas à rentrer, elle
se mit à badauder, se promenant de
long en large dans la rue. Elle regardait
avec une attention déroutée les vitrines
d'un marchand de jouets, les billes, les
images d'Epinal, les polichinelles de
bois, les petites marmites vernissées et
vertes à l'usage des enfants, les fioles
de parfumerie taillées à côtes, bouchées
à l'émeri et coiffées d'un casque de peau
blanche, les bouteilles d'encre rouge,
les paquets d'aiguilles, enveloppées de

papier noir, avec les armes d'Angle-
terre en or, les images de sainteté, les
crayons Mangin.

Quand elle eut bien regardé, sans
même le voir, tout ce misérable éven-
taire, elle revint chez la concierge. Son
amie n'était pas encore rentrée.

Elle se promena de nouveau ; une
soif ardente lui brûlait la gorge; elle
s'arrêta devant un marchand de vins,
se demandant si elle y devait entrer.
Elle était devenue plus peureuse qu'un
enfant. Elle resta bien pendant dix minutes en arrêt devant l'étalage, lisant
à voix basse l'étiquette des bouteilles,
regardant des fioles carrées d'eau-de-
vie de Dantzick, aux pluies d'or tom-
bées, des litres d'orgeat semblables à
des huiles figées, des bouteilles de co-

gnac et de cassis, des bocaux de cerises
roses, de prunes vertes, de pêches
blondes. Elle poussa enfin la porte et
une odeur de vinée lui sauta à la gorge.
Elle demanda au marchand un demi-
litre de vin et un siphon d'eau de Seltz.

Il lui sembla que le cabaretier la
regardait insolemment. Se doutait-il,
lui aussi, de quel bagne elle s'était
échappée ? Inquiète, honteuse, elle se
réfugia dans une petite salle atte-
nant à la boutique.

Le marchand la fit attendre un
quart d'heure au moins avant que de
la servir ; puis il jeta le tout sur la
table et se précipita devant un homme
qui cria, en poussant la porte :

— Un coup de jus, mon vieux
birbe, et une croûte de brignolet !

— Tiens, vous voilà donc, Monsieur Ginginet, fit l'homme.

— Oui, c'est moi. Je cours comme un dératé depuis ce matin. Imaginez-vous, mon vieux, que je suis chargé par mon singe de remonter le personnel du théâtre de Bobino. Peu d'argent et des étoiles de première grandeur, des comètes, quoi ! C'est sa devise à cet homme. Enfin, j'ai couru chez Rodaln, chez Machut, chez Adolphe, je les ai engagés ; il ne me manque plus que des chanteuses ; et, ce disant, Ginginet se tailla une large miche de pain et avala, coup sur coup, plusieurs verres. Entre deux rasades, il aperçut Marthe, qui reposait, sombre, presque farouche, dans le fond du cabinet.

Il se mit alors à débiter ses bons
mots de coulisses, à dévider sa bo-
bine de gracieusetés. Quand il la vit
sourire, il l'invita à prendre une
tasse de café ; elle refusa, mais ce
diable d'homme était si déluré,
si jovial, il avait l'air d'un si
vrai gaule-bon-temps, qu'elle finit par
lier conversation avec lui. Ginginet
l'examinait : elle est superbe, murmu-
ra-t-il ; avec un costume neuf elle
allumerait une salle. Elle a l'air panné
et honteux, ça aura fait des bêtises,
ça n'a peut-être pas seulement de
domicile ; si elle a un tantinet de
voix, je l'engage séance tenante ; une
luisarde ramassée chez un manne-
zingue ! Je lui apprends le chant et
l'art dramatique en quinze jours. A

défaut de talent, elle est jolie, c'est
le principal au théâtre.

Elle accepta ; elle se sentait sau-
vée. Quinze jours après elle débu-
tait à Bobino.

Cette nouvelle vie lui plut. Comme
toutes les malheureuses que la misère
et l'embauchage ont traînées dans les
clapiers d'une ville, elle éprouvait,
malgré elle, malgré l'horrible dégoût
qui l'avait assaillie lors de ses premières armes, cet étrange regret,
cette maladie terrible qui fait que
toute femme qui a vécu de cette
vie, retourne s'y plonger un jour ou
l'autre.

Cette existence de fièvres et de
soûleries, de sommeils vaincus, de
papotages perpétuels, de va-et-vient,

d'entrées, de sorties, de montées, de
descentes des escaliers, de lassitudes
domptées par l'alcool et les rires,
fascine ces misérables avec l'attirance
et le vertige des gouffres.

Ce qui avait sauvé Marthe de
l'épouvantable récurrence, c'était d'a-
bord le peu de temps qu'elle était
restée dans cette maison, c'était surtout la vie affolante des coulisses,
cette exhibition devant un public dont
les yeux brûlent, cette camaraderie
avec les acteurs, cette hâte, cette
bousculade de toutes les minutes, le
soir, alors qu'elle s'habillait et répé-
tait son rôle. La fièvre du théâtre
avait été pour elle l'antidote le plus
puissant contre le poison qu'elle avait
absorbé.

IV

Chemin faisant, bras dessus, bras dessous, Marthe et Léo devisaient de choses bêtes. Ils suivaient alors à contre-val la rue de Madame et allaient gagner la Croix-Rouge.

La conversation devenait de plus en plus bête. Les louanges sur son costume, sur sa voix, les potins du théâtre, les demandes de la femme au sujet de la rue qu'il habitait,

étaient épuisés. Un chien les regardait passer sur le trottoir et hurlait
sans raison : ils parlèrent des chiens.
Lui, préférait les chats, elle, les tou-
tous frisés, ces affreux roquets dont
la gueule pue quand ils ont mangé
de la viande ou du sucre. Cette dis-
cussion fut bientôt close. Ils ne dirent mot pendant quelques minutes,
puis un pochard dévala d'une rue,
battant les murs, et ils déblatérèrent
sur les ivrognes, puis se turent. Un
sergent de ville passait. Elle eut un
petit frisson dans le dos. Il essaya
de l'égayer, elle ne semblait plus
l'entendre. En vérité, il était temps
qu'ils arrivassent.

Le gaz était éteint. Léo prit la
main de Marthe et la guida au tra-

vers de la cour jusqu'à l'entrée du
corridor. Là ils s'arrêtèrent, il en-
flamma son rat de cave et elle vit
les premières marches d'un escalier
qui tournait dans le noir. Quand il
ouvrit sa porte, un grand feu de
charbon teignait de plaques rouges les
tentures d'une petite chambre et allu-
mait de foyers étincelants le verre des
cadres pendus aux murs. Marthe en-
leva son chapeau, son mantelet de zibe-
line et s'assit dans un vaste fauteuil de
cuir qu'il roula près du feu. A ses
pieds, ramassé à croppetons, il la regardait, émerveillé de sa taille plus souple
que la lance des roseaux et se mourait
d'envie de baiser ses cheveux qui se tordaient en mèches folles sur la neige ro-
sée du cou. Une épingle se détacha et

une longue spirale se déroula sur sa
robe de drap d'un vert presque noir
qui l'étreignait comme un vêtement ja-
ponais, dessinant le serpentement de
sa gorge, la corniche de ses hanches.
Avec ses longs yeux noirs splendide-
ment lumineux, ses lèvres en braises,
ses joues rondes, elle ressemblait ainsi,
moins le costume si fastueusement pit-
toresque, à Saskia, la première femme
de Rembrandt, celle dont Ferdinand
Bol nous a retracé l'image dans un
merveilleux portrait.

Marthe se leva. « Tiens, regarde donc,
dit-elle, ces gens qui boivent, » et elle
touchait avec l'amande rose de son
ongle une copie de Jordaens, « le Roi
de la Fève »; puis elle rit à gorge dé-
ployée à la vue de ce monarque coiffé

d'une couronne de paillon, aux cheveux dégringolant à la débandade, sur
la serviette attachée au cou ; elle se divertit à contempler cette tablée de
joyeux drilles qui braillent, fument,
crient à tue-tête : « Le roi boit ! le roi
boit ! » Léo lui avait pris la main et lui
montrait, tout en l'embrassant, les
femmes du tableau, cette populacière
ventrue qui torche son enfant tandis
que le chien vient le flairer et les deux
autres plus élancées, plus blondes, qui
rient et boivent, toutes voiles dehors,
les vins couleur de lumière, les bières
couleur d'ambre.

Elle eut comme une rapide vision
des gogailles passées.

Mais ni ces opulences, ni ces fou-
gues, ni ces débauches de chairs à la

Rubens, ni ces pourpris de lys et de
vermillon, ni cette plénitude, ni cette
somptuosité de charnure, ni ces remous, ni ces vagues de carmin et de
nacre ne la tinrent longtemps. Elle
regarda, sans s'y arrêter, différents
tableaux, puis demeura songeuse devant une gravure d'Hogarth, un des
épisodes de la vie des courtisanes.
Ces drôlesses dépoitraillées, ce jeune
homme ivre à qui une ravissante fillette
dérobe sa montre, ces tréteaux pleins
de verres renversés, de catins qui s'in-
jurient, se crachent à la face, se me-
nacent de coups de couteau, cette co-
quine dont le harnais, le corsage, les
jupes, gisent fripés à terre et qui remet
sur des bas de soie ses brodequins à re-
vers, cette figure piquée de mouches

aux lèvres et au front et dont un des
seins dévale de la chemise pendante,
ces deux malandrins loqueteux qui
ululent à la porte, et réflètent dans un
plat de cuivre la flamme d'une bougie,
évoquèrent en elle des souvenirs précis
et elle demeura, fascinée, muette, et
comme sortant d'un songe, dit entre
ses dents : « Comme c'est bien cela ! »

Elle s'assit de nouveau dans le fauteuil ; lui, se mit à cheval sur une chauffeuse et tisonna le feu. Ils étaient
déconcertés. Elle songeait à sa vie d'autrefois. Tous ses souvenirs se réveil-
laient. Ces allures de bouge, cette
saveur de fille qu'elle s'étudiait à faire
disparaître, reparurent tout à coup et
l'obsédèrent invinciblement. Plus elle
s'observait et plus les mots étranges,

plus les maladresses, plus les expres-
sions qu'elle eût voulu oublier lui re-
venaient et jaillissaient malgré elle de
ses lèvres. Elle rompit la conversation
que Léo avait reprise et regarda le
foyer d'un air si sombre que son amant
ne sut plus ni que dire, ni que faire.

Sur ces entrefaites, la pendule qui
jasait sans relâche, comme pour les
railler de leur silence, sonna deux
heures. Marthe leva la tête. Léo saisit
l'occasion et lui dit :

— Je crois qu'il serait temps de nous
coucher.

Et tandis qu'elle passait dans l'autre
chambre, il s'enfouit dans le fauteuil
qu'elle venait de quitter, et se plongea
dans ses réflexions.

A vrai dire, elles n'étaient pas gaies.

Ce garçon s'était affranchi de bonne
heure de la servitude maternelle et il
avait tant mésusé de la liberté acquise
que, vengeresse des mœurs, la débau-
che l'avait flétri, corps et âme. Se sentant un vrai talent que devaient appré-
cier les artistes et honnir les bourgeois,
il s'était jeté, tête baissée, dans le maré-
cage des lettres. Il n'y avait malheureusement pas un pied d'eau à l'endroit où
il avait plongé; il se meurtrit si violemment sur les pierres du fond qu'il se
releva découragé avant même que d'a-
voir tenté de gagner le large. Il vivait
de sa plume, autrement dit, il vivait de
faim. A force de tourmenter l'idée, d'es-
sayer de rendre les bizarreries qui le
hantaient, les nerfs se tendirent et une
immense fatigue l'accabla. De temps à

autre, dans les bons moments, il écrivait une page fourmillant de grotesques
terribles, de succubes, de larves à la
Goya, mais le lendemain, il se trouvait
incapable de jeter quatre lignes et pei-
gnait, après des efforts inouïs, des
figures vagues qui défiaient l'analyse et
qui échappaient à l'étreinte de la cri-
tique.

Ce qu'il rêvait comme un excitant
d'esprit, comme un coup de gong qui
réveillerait son talent assoupi, c'était
une fantaisie monstrueuse, de poète et
d'artiste : une femme qui l'aimât, une
femme vêtue de toilettes folles, placée
dans de curieux arrêts de lumière, dans
de singulières attitudes de couleurs,
une femme invraisemblable, peinte par
Rembrandt, son Dieu! une femme in-

solemment fastueuse dont les yeux
brasillassent avec cette indéfinissable
expression, cette ardeur de vie presque
mélancolique du chef-d'œuvre du Van
Rhin « la femme du salon carré au
Louvre ! » Il la voulait ainsi, avec une
peau couleur d'ambre, et même une
pointe de rouge sur la pommette et de
cendre bleue sous l'œil, et il la désirait
avec un esprit alambiqué et savant ; il
la demandait excessive et troublante à
des moments convenus, sage et dé-
vouée pour l'ordinaire. Ce rêve impossible, cette appétence irréalisable,
cette convoitise de sagesse et d'imprévu
à heure fixe, le torturaient. Marthe lui
avait semblé, avec ses gaspillages de
crinière, ses yeux de fêtes, sa bouche
affamée, remplir l'idéal qu'il poursui-

vait vainement. Il l'avait admirée sur
la scène, tour à tour provocante et
naïve, il comptait autant sur la comé-
dienne que sur la maîtresse pour jouer
le rôle qu'il lui assignait dans leur tête-
à-tête.

Il songeait à cela. Il se souvint, tout
à coup, que sa place n'était pas dans
un fauteuil et il passa dans la chambre à coucher.

Marthe s'endormit, surprise. Elle qui
avait été la servante résignée de chacun,
elle n'avait pas encore vu pareil homme;
ce salpêtre étonnant, cette jeunesse ra-
vivée et pleine de mots enthousiastes,
de lyrisme fou, de respects perdus, la
ravirent. Elle se dit que ceux qui
aimaient étaient sans doute ainsi faits
et elle lui fut reconnaissante de n'avoir

pas évoqué dans sa couche le souvenir
des anciennes défaites. Elle qui avait
guidé tant de passants vers les Cythères,
à tant la course, elle oublia de faire des
comparaisons. Léo fut vraiment son
premier amant.

Le lendemain, au petit jour, le jeune
homme la regarda et demeura indécis :
elle sommeillait, bouche en *o*, jambes
en *i*, torse au vent et gorge au diable !
Il se demanda s'il ne la renverrait pas
comme les autres ; il retira sa main qui
s'était coulée sous la tête de Marthe,
elle ouvrit les yeux et sourit si gentiment
qu'il l'embrassa et lui demanda si elle
avait bien dormi. Pour toute réponse,
elle l'enlaça de ses bras et baisa ses
lèvres, à petites lappées. Il perdit la
tête.

Il la jugea digne de toutes les tendresses et de tous les dévouements,
mais ce qui le désarçonna quelque peu,
ce fut le lever. Elle s'habilla comme
toutes les filles, s'assit sur le bord du
lit, enfila ses longs bas mauve, mit les
boutons de ses bottines avec une
épingle à cheveux, rabattit sa chemise
sur ses jambes et, se trouvant près de
la toilette, fit comme toutes, entr'ouvrit
le rideau de la croisée et regarda dans
la cour. Quelle femme n'avait eu ce
geste ? Quelle femme n'avait fait cette
sotte demande : As-tu du savon? Tiens,
de la poudre de riz ! oh ! comme elle
sent bon! elle est à la maréchale, dis ?

Il se reprocha de l'avoir crue autre
que ses compagnes et pourtant, quand
elle resserra dans sa robe tous les tré-

sors qu'elle en avait tirés la veille, il
éprouva comme un regret. Il était
peiné qu'elle s'en fût : il la retint à déjeuner. Elle attendait sa blanchisseuse,
elle devait être rentrée de bonne heure.
Cette réponse l'exaspéra. Toutes les
femmes qui veulent s'en aller attendent
leur blanchisseuse, il ne le savait que
trop ! Elle céda cependant, et tandis
qu'elle ôtait son chapeau et défaisait
son manteau, le poète héla dans la cour
le concierge.

Romel, c'était son nom, leva la tête
et, grave, glapit : j'y vas. Il montait
une heure après.

— Allez me chercher, lui dit Léo, des
bifstecks, un pâté, du fromage, un
gâteau et deux bouteilles de Moulin-à-
vent.

— Entendu. Et se penchant avec des airs de confidence à l'oreille de Léo, Romel susurra : Dites donc, à propos, j'ai acheté ces jours-ci une glace Louis XVI épatante, je ne vous la vendrai pas cher.

Quelque invraisemblable que cela puisse paraître, Romel, concierge et savetier de son état, avait peint dans sa jeunesse des marines. A l'en croire, il avait eu « des dispositions ». Actuellement il brocantait un tas d'ordures, s'efforçant de les vendre à ses locataires, le matin surtout, alors qu'ils n'étaient pas seuls. Il jugeait des charmes et des friandises du compagnon de nuit par le ton du refus — car tous lui refusaient avec ensemble. Ce matin-là, Léo lui répondit non, doucement. Il conclut de

suite que la femme qu'il avait amenée
viendrait souvent lui demander la clef
du local, et il se promit de la saluer
très bas lorsqu'elle partirait.

Tandis qu'il se rendait chez le marchand de vins du coin pour com-
mander le déjeuner, Léo alluma un
grand feu de sarment, et comme
Marthe, assise sur la chauffeuse, re-
levait un peu la tête, il baisa à gor-
gées lentes, son cou, ses lèvres et ses
yeux qui, se fermant, palpitèrent sous
la chaude haleine de sa bouche. Il songeait aux exploits du fils de Jupiter et
d'Alcmène, à Hercule, tueur de mons-
tres, quand Romel entra, suivi d'un
garçon qui charroyait dans une serviette
et mangers et vins. Il dressa la table
et partit. Léo et Marthe étaient en face

l'un de l'autre ; elle, mangeait avec appétit, lui, ne bougeait, l'écoutant faire
sonner le doux carillon des mâchoires ;
l'eau sifflait dans la bouillotte, elle la
versa sur le café, puis ils se rappro-
chèrent et dans l'intervalle du bruisse-
ment de leurs lèvres, l'eau chanta
s'égouttant au travers du filtre. A
l'étage du dessous, une pianiste tapo-
tait un air de *Faust*. Au dehors une
voix de pauvresse, alternant avec le
clapotis du piano, s'élevait, dans un
silence d'hiver, célébrant la gloire de
l'amour, et les ineffaçables victoires
du petit « Dardant ». Ils étaient en-
gourdis par la chaleur des braises ;
aucun d'eux n'eut le courage d'ouvrir
la fenêtre et de jeter un sou. Ils s'as-
soupirent à écouter ce chant mono-

tone ; elle se leva enfin, s'étira, l'embrassa et s'enfuit, après lui avoir donné rendez-vous pour le soir même, au théâtre.

Il se trouva esseulé quand elle eût franchi la porte ; son logement lui parut triste et froid. Il s'habilla et sortit. Il fallait tuer la journée. Il s'en fut relancer un éditeur qui lui devait de l'argent ; il n'en put tirer un sou. Alors, il erra sur le boulevard et entra dans un café ; trois heures sonnèrent à un œil-de-bœuf juché au-dessus d'une étagère à bouteilles. Il s'assigna la tâche de rester sur la banquette pendant une heure. Il lut et relut tous les journaux, bâilla, alluma un cigare, fit la remarque que les gens qui l'entouraient

tenaient des conversations idiotes ;
que deux poussahs, dont l'un avait
un bec de lièvre et l'autre un œil
de bigle, riaient comme des pleutres,
en jouant au billard, regarda de nouveau la pendule, appela le garçon, qui
vint trop vite à son gré, et sortit, se
reprochant de n'avoir pas attendu,
pendant cinq minutes de plus, que
l'heure fût sonnée.

Il badauda, regarda les éventaires,
enfila un passage, sourit à une petite
fille qui sautait à la corde, marcha
à pas redoublés jusqu'à la Bastille,
n'admira point le génie qui bat un en-
trechat sur son fût, revint en arrière,
rentra dans un café, se fit servir un
bitter, relut les journaux qu'il connaissait et repartit. Il fut heureux de

rencontrer, à la hauteur de la rue Vi-
vienne, un ami qu'il évitait d'ordinaire ; il lui offrit l'absinthe et quand
l'aiguille marqua six heures il le
quitta précipitamment.

Le moment approchait où il devait
revoir Marthe. Il avait mal dîné, sans
appétit et sans soif; il courut à la rue
de Fleurus et se rendit au foyer où
étaient rassemblés tous les acteurs.

C'était jour de première. Ginginet
était ce soir-là plus grincheux et plus
bougon que de coutume. Ses gam-
billes se désossaient, disait-il, en se
tapotant les jambes. D'ailleurs, il cre-
vait de dépit, il venait de perdre trois
manches au bezigue et la quatrième
était bien compromise, car Bourdeau,
son partner, venait d'annoncer le 250,

et, comme il avait dans son jeu les deux as d'atout, il annihilait du même coup, pour son adversaire, tout espoir de revanche.

Ginginet grommelait, le nez sur ses cartes. Quarante de galapiats, hurla-t-il rageusement en jetant quatre valets sur la table; et il se leva un instant pour aller voir au travers de l'œil du rideau la composition de la salle.

Il revint exaspéré.

— Tous des portiers et des lampistes, clama-t-il, et avec cela des gonsesses en soie et des pommadins! Il n'y a dans tout le public qu'un Andalous qui reluise et encore il est grêlé, un vrai grenier à lentilles! Ah! parole! ça me dégoûte de jouer devant des

têtes comme celles-là. A propos, si
nous comptions les brisques?

— Je ne joue plus que pour 20,
soupira Bourdeau.

— Et moi pour 5oo, gronda Ginginet, je suis cuit ! Eh ! dis donc,
Marthe, ma petite gigolette, que devient ce plumitif qui t'adore? L'aimes-
tu toujours, vaurienne? Eh! voyons,
ne fais pas ta tête, tu vois bien que
je blague. Tiens, je t'offre de fioler
avec nous une tasse de café et un
verre de camphre, ça va-t-il?

— En scène ! en scène ! cria le régisseur.

— Au diable ! glapit Ginginet furieux.

Mais comme la toile se levait, force
fut au cabotin de dissimuler sa mau-

vaise humeur et de faire son entrée.

Léo, qui venait d'arriver, embrassa
Marthe et se blottit derrière un portant.

La pièce tomba à plat. Les trognons
de pommes volèrent, les imitations du
bubulement des hiboux dominèrent le
bruit que faisaient à l'orchestre deux
tristes vieillards sans cheveux, qui
chatouillaient la panse des violoncelles.
Marthe et Léo prirent la fuite. Ce fut
un sauve-qui-peut général. Le rideau
s'abaissa. Il ne restait plus en scène
que Ginginet et les deux auteurs de
la pièce qui se regardaient atterrés.

Le comédien les consola par de
bonnes paroles :

— Jeunes gens, dit-il, si le métier
d'auteur dramatique ne vous donne

pas du pain, il vous octroie du moins
des pommes. Ça vous servira à faire
des chaussons. Quant à mon avis sur
votre œuvre, le voici : ceux qui l'ont
sifflée sont des justes, ceux qui m'ont
bombardé de projectiles sont des can-
cres. Et maintenant, sonnez, trom-
pettes, je décale !

V

Marthe prit l'habitude de venir coucher tous les soirs chez Léo. Elle finit même par apporter la moitié de sa garde-robe, ne voulant pas, quand il pleuvait, se lever de bonne heure pour aller chez elle changer de costume.

Un mois durant, ils crurent s'aimer, puis, un beau jour, une double catastrophe s'abattit sur eux. Le théâtre fit faillite et le journal où Léo écrivait suspendit ses payements.

Le poète perdait dans cette débâcle
cent francs de copie, et Marthe se trouvait sur le pavé, sans place.

Elle pleura, dit qu'elle ne voudrait
pas être à sa charge, qu'elle chercherait
et trouverait un autre emploi, que d'ailleurs Ginginet était son ami et que,
dans quelque théâtre qu'il entrât, elle
serait sûrement engagée avec lui.

Léo, qui détestait le comédien et se
sentait de furieuses envies de le giffler
quand il la tutoyait ou la houspillait
avec ses gracieusetés de barrière, lui
déclara nettement qu'il ne consentirait
jamais à ce qu'elle le revît.

— Comment faire alors, soupira-t-
elle?

Il eut un geste d'ignorance. Au fond,
tous deux avaient la même pensée et

chacun attendait que l'autre l'exprimât
pour l'accepter aussitôt.

Il ne pouvait supporter les frais de
deux termes. Il fallait aviser au moyen
de n'en payer qu'un. La dépense serait
ainsi diminuée de moitié. Le restaurant et la femme de ménage seraient
économisés. Elle se chargeait de faire
la cuisine, de tenir l'appartement
propre, de raccommoder son linge,
de le blanchir ; elle pourrait au besoin
coudre ses robes et bâtir ses chapeaux
elle-même. Léo finit par se convaincre
qu'ils vivraient à deux à meilleur
compte que lorsqu'il était seul.

Quand ce projet fut décidé, le poète
n'eût plus de cesse qu'il ne fût mis à
exécution. Il la pressa de faire ses
malles, emprunta de l'argent pour ac-

quitter sa note à l'hôtel qu'elle habitait,
cloua, décloua, rangea tout à nouveau
chez lui pour qu'elle pût y installer
ses affaires. Leur première soirée de
noces fut sans pareille : Marthe rétablit
l'ordre de la maison, nettoya les tiroirs,
mit de côté le linge à repriser, épousseta
les livres et les tableaux, et quand il
revint pour dîner il trouva bon feu,
lampe ne fumant pas comme d'habitude, et, dans son fauteuil, une femme
gentîment ébouriffée qui l'attendait,
les pieds au feu, le dos à table.

— Comme je vais travailler, se dit-il,
maintenant que je suis si bien chez
moi !

En attendant, l'argent fuyait, bride
avalée. Tous les jours c'était une dépense nouvelle : des verres, une ca-

rafe, des assiettes; il fut effrayé, mais
il se consola, se répétant qu'une place
de deux cents francs par mois lui était
réservée dans un nouveau journal ; le
tout était de prendre patience; dans
quelques mois sa situation serait meil-
leure.

Le journal mourut avant que de
naître, la misère vint et, avec elle, les
terribles désillusions du concubinage.

Les premiers temps, chacun s'ef-
force d'être aimable; c'est à qui devan-
cera les désirs de l'autre et cédera à
toutes ses volontés. L'on sent bien
alors que la première dispute en engen-
drera d'autres, mais la misère dégrise.
Grâce à elle, le vin d'amour est bien
vite cuvé. Léo commençait à voir clair.
Il était d'ailleurs harassé par ces mille

petits riens qui désolent à la longue.
Pourquoi s'obstinait-elle à ne pas vou-
loir laisser son fauteuil devant son bureau? Pourquoi cette manie de lire ses
livres et d'y faire des cornes? Et puis,
pourquoi cette volonté bien arrêtée de
pendre sur son paletot et sa culotte
ses jupes et ses peignoirs, alors qu'elle
aurait pu les accrocher à un autre clou
et ne pas le contraindre à enlever toute
une charretée de linge pour prendre sa
vareuse? Il fallait subir aussi l'odeur
de la cuisine, la senteur lourde du vin
dans les sauces, l'écœurante grillade de
l'oignon dans la poêle, voir des croûtes
de pain traîner sur les tapis, des bouts
de fil sur tous les meubles; son salon
se trouvait bouleversé de fond en
comble. Les jours de savonnage, c'était

encore pis ! Il fallait bien cependant
poser la planche à repasser sur son bureau et sur une autre table, faire essorer
le linge sur des traverses dans l'entrée.
Ces flaques d'eau sur le parquet, cette
arome fade de la lessive, cette buée du
linge qui mouillait ses cuivres et ter-
nissait ses glaces, le désespérèrent.

Ces désagréments qui se répétaient
tous les jours, cette absence des amis
que la présence de la femme éloigne,
cette impossibilité de travailler près
d'une maîtresse qui, n'ayant plus rien
à faire, veut causer et vous raconte tous
les cancans de la maison, l'insolence du
concierge à qui l'on a retiré le ménage
et qui se venge par mille tracasseries, la
femme qui sent cette hostilité contre elle
et qui insiste pour que l'homme s'en

mêle et la fasse cesser, sa moue dépitée
quand il sortait le soir pour affaires, ou
que, pressé de travail, il lisait ou prenait des notes, dans son lit, les doléan-
ces sur l'état de sa robe qu'elle ne pouvait plus raccommoder, ce soupir qui
disait si clairement, à la vue d'une chemise trouée, que d'ici à quelques jours
il en faudrait de neuves ; cette opiniâ-
treté enfin à gémir quand l'argent manquait et à le faire mal dîner parce qu'elle
avait dû se procurer des gants, l'exaspérèrent,

Et puis, quel avantage avait-il depuis
que sa liberté était perdue ? Qu'étaient
devenues les robes traînantes, les jupes
falbalassées, les corsets de soie noire,
tout ce factice qu'il adorait ? La comé-
dienne, la maîtresse avait disparu,

il ne restait que la bonne à tout faire.
Il n'avait même plus cette joie des
premiers jours de leur liaison, quand il
se disait en route : Ce soir elle viendra.
Le pas qui se presse pour arriver plus
tôt, cette angoisse même qui vous op-
prime quand l'heure est passée et que
l'on n'entend point le pas connu monter
et s'arrêter devant votre porte, oh! que
tout cela était loin ! Plus de bonnes conversations au coin du feu, avec des
amis ; plus de discussions intelligentes
sur tel ou tel livre, sur tel ou tel tableau.
Allez donc parler littérature et beaux-
arts devant une femme qui bâille dans
sa main, qui regarde furtivement la
pendule, qui semble vous dire : Mais
allez donc vous en, que nous nous cou-
chions ! Ce suicide d'intelligence que

l'on nomme « un collage d'intelligence » commençait à lui peser.

Elle, de son côté, n'était guère plus
satisfaite. Elle le trouvait froid, plus oc-
cupé de son art que d'elle-même ; elle se
révoltait contre ses silences ou ses bou-
deries. Ils s'accusaient mutuellement
d'ingratitude. Léo s'imaginait avoir fait
un grand sacrifice en associant Marthe
à sa vie, elle, était convaincue qu'elle
se dévouait pour lui. Elle faisait tout,
récurait les meubles, lavait le plancher
et la vaisselle, blanchissait son linge, ne
voyait plus ses anciennes camarades,
qu'il avait mises poliment dehors, et, en
échange de tout cela, elle avait la
misère ! Elle ne pouvait seulement pas
s'acheter une robe !

Au reste, elle se lassa vite du travail

de chaque jour, le ménage fut balayé à
la diable, le repas préparé à toute volée;
elle faisait monter d'une gargotte des
parts de lapin, des tranches de gigot
cuit au four. Léo se plaignit.

— Et de l'argent, disait-elle ?

Et quand il répliquait qu'il était moins
cher de faire cuire la viande chez soi
que de l'aller chercher, toute prête, au
dehors, elle gémissait, se disait exté-
nuée, ne demandant qu'à dormir. Elle
ne desservait même pas la table, se
déshabillait avec des gestes d'épuise-
ment, s'étendait dans le lit, disant tous
les quarts d'heure à son amant qui tra-
vaillait : Tu ne viens donc pas ?

Il répondait en grognant ; puis, de
guerre lasse, il laissait son travail et se
couchait. Alors elle ne bougeait faisant

semblant de dormir, se rejetant avec
peine sur le bord du lit pour lui
faire place dans la ruelle; elle lui tournait obstinément le dos, retirant ses
jambes aussitôt qu'il approchait les
siennes pour les réchauffer. Impatienté,
il éteignait la lampe et s'essayait à
dormir.

Ces taquineries puériles, ces boude-
ries de femme l'agaçaient, et comme
elles se renouvelaient chaque fois
qu'elle se mettait au lit seule, il finit
par céder, et, pour avoir une maîtresse
aimable, il dut fermer les yeux à des
heures stupides. Au reste, Marthe ne
lui en fut pas reconnaissante, trouvant
qu'il manquait de volonté et se promettant bien d'user de sa faiblesse à la première occasion.

Il était avec cela jaloux et, après une
dispute causée par des taches de boue
à sa robe, qui dénonçaient clairement,
malgré les dénégations qu'elle lui
opposa, qu'elle n'était pas restée chez
elle toute la journée, leur vie en commun devint insupportable.

Elle sortit pendant qu'il corrigeait
ses épreuves dans un bureau de journal ou qu'il fouillonnait des livres
dans une bibliothèque, et nia mettre
les pieds dehors ; il ne pouvait cependant s'astreindre à la surveiller;
mais parfois il vérifiait le livre des
dépenses, cherchant si le ruban de
velours, si le chapeau qu'elle avait
achetés étaient inscrits. Il recommen-
çait les additions, craignant que ces
emplettes n'y figurassent point, se

demandant si la somme qu'il lui avait
remise avait été totalement employée
aux besoins du ménage, avec quel
argent elle avait pu faire ses acquisi-
tions nouvelles.

Tout à coup ses absences cessèrent;
elle refusa, avec une ténacité, qu'il ne
put vaincre, de sortir avec lui dans
la rue. Il attribua ce brusque changement à l'un de ces caprices de
femme contre lequel serait bien fou
qui se buterait. Pour qu'il pût com-
prendre l'obstination de cette fille, il
lui eût fallu connaître son passé et
il n'en connaissait que les bribes
qu'elle lui avait servies dans des moments d'expansion raisonnée. La vérité était que Marthe avait revu d'anciennes amies, que s'étant posé, un

jour de détresse, la question de la
marguerite : « L'aimerai-je un peu,
beaucoup, passionnément ? » elle avait
répondu : « Beaucoup ! » Mais enfin on
peut avoir de l'affection pour un
homme et cependant ne pas lui rester fidèle, cela se voit tous les jours ;
elle avait donc tenté de s'aboucher
avec des hospodars de la halle au
blé, des gens riches si jamais il en
fût ! Elle avait presque ébauché une
liaison avec l'un d'entre eux, quand
elle rencontra un agent de police
qui la dévisagea curieusement.

Sa situation n'était pas claire.
D'un moment à l'autre, la Préfecture pouvait mettre la main sur
elle ; elle avait fait partie d'un bagne
d'amour, elle s'était évadée ; les li-

miers des mœurs pouvaient la reprendre.

Elle en vint à tressaillir quand le
vent soufflait sous la porte ou qu'un
porteur d'eau montait pesamment les
marches. Elle ne sortait plus que
pour aller aux provisions et rentrait
aussitôt. Cette vie de transes et d'angoisses ne lui laissa plus un instant
de répit. Elle s'ivrogna pour oublier
ses épouvantes ; elle buvait du rhum
à plein verre, accroupie sur une
peau de bête devant un feu rouge
et elle souriait aux flammes, hébétée,
muette, frissonnant et se passant
avec un geste épuisé les mains sur
le front ; la chaleur terrifiante des
braises l'étourdissait, la tête lui tournait, sa volonté s'affaissait avec son

corps, elle était comme liée et ne
pouvant remuer bras ou jambes, elle
dormassait, soûle et pâmée, devant
le feu de charbon qui ronflait et lui
brûlait la face. Parfois même, au lieu
de cette torpeur qu'elle cherchait, la
fièvre l'empoignait et avec elle l'hal-
lucination, et de longs anéantisse-
ments d'où elle se réveillait brisée et
comme morte. A ce jeu sa raison
finissait par courir la prétentaine et sa
tête, après s'être balancée sur sa
gorge avec des nutations de magot,
tombait pesamment sur ses genoux
relevés et elle restait ainsi, inerte,
abrutie, jusqu'à l'arrivée de Léo, qui
ouvrait toutes les fenêtres et, furieux,
la traînait à l'air.

Sa patience se lassait. Un jour

qu'elle butait contre les meubles, battue et comme aveuglée par d'atroces névralgies, il jeta toutes les bouteilles par la fenêtre. Elle le regarda avec cet œil résigné des chiens qu'on fouaille, puis elle se leva et, tout en larmes, le serra étroitement, lui demandant pardon, lui promettant de n'être plus malade, de lui rendre la vie heureuse.

Un soir qu'il rentrait, ramassant une lettre que le concierge, fatigué de l'attendre, avait glissé sous sa porte, il s'approcha de la lampe, ouvrit l'enveloppe, devint affreusement pâle et deux grosses larmes jaillirent de ses yeux.

Marthe éclata en sanglots. Quand elle sut que la mère de son amant

était bien malade, elle eut une at-
taque de nerfs qui la secoua, affolée,
trépidante, sur le lit. Il lui fut reconnaissant de cet excès de sensibilité.
C'était, à la vérité, jeu de nerfs tendus plus qu'émotion vraie et cependant, au mot de « mère », elle avait
senti comme un coup dans la poitrine. Son enfance à laquelle elle s'ef-
forçait de ne pas songer, lui était subitement apparue, sa mère à elle
était morte à la peine, elle la revoyait, se penchant sur son berceau,
baisant ses mains quand elle les sortait du lit, lui souriant avec des
larmes quand la chambre était
froide. Un vieil air qu'elle lui chantait lui revint par bribes ; elle tenta
de le retrouver, mais cette tension de

mémoire achevant de la briser, elle
s'endormit d'un sommeil de plomb
jusqu'au lendemain matin.

Quand elle se réveilla, son amant
était déjà debout et prêt à partir. Elle
l'embrassa avec effusion, lui promit
de lui écrire, voulut l'accompagner
jusqu'au chemin de fer, mais il était
déjà en retard. Le temps qu'elle se
vêtit, il manquerait sûrement son
train. Elle dut renoncer à son projet.

Lorsque Léo fut parti, elle enfila
rapidement ses jupes. Elle avait besoin de marcher, d'aller à l'air ; elle
traita de folle sa peur des agents de
la police et, passant d'un excès à un
autre, elle eût voulu les trouver devant elle, les narguer, leur dire en

face : « Vous n'êtes que de sales
roussins » ; mais cette surexcitation
tomba dès qu'elle fut sortie.

Elle s'en fut voir une de ses camarades qui desservait l'un des plus
infimes caboulots de la rue de Vau-
girard. La salle était presque vide
lorsqu'elle y entra et pas encore ba-
layée. Les glaces, rendues troubles
par la pommade des têtes qui s'y
étaient posées, étaient claires en haut
et ternes en bas ; le plancher, pou-
dré de rouge, était étoilé de flegmes
et de crachats secs, d'épaves de ci-
gares et de bourres de pipes, le
marbre des tables gluait avec ses
ronds de verres poissés et, au fond,
sur un divan, gisait, infamie vivante,
le père de la patronne, chargé de

faire manœuvrer la pompe de la bière.

La salle sentait la vapeur refroidie du tabac, l'odeur particulière aux estaminets. Le vieil homme reniflait en somnolant et Maria, l'amie de Marthe, assise sur une banquette, bâillait aux mouches. Après qu'elles se furent embrassées, Maria, entraînant Marthe dans la cuisine, lui dit précipitamment :

— As-tu reçu ma lettre ?

— Non.

— Mais la police est à tes trousses, ma chère, C'est le petit rouge qui me l'a dit ; hier au soir, tu as été reconnue par un agent qui avait perdu tes traces, mais qui vient de les retrouver.

Elle demeura comme ahurie. Ses
craintes étaient donc réalisées ! Le
Dispensaire allait lui demander compte
de sa fuite ! On irait chez Léo ; la
concierge saurait tout et lui dirait
quand il serait de retour, qui elle
était, quelle vie elle avait menée. Elle
se résolut à ne plus retourner chez
lui.

— Je t'offrirais bien de te cacher
pendant quelques jours chez moi, disait la fille, mais je n'habite pas
seule et mon monsieur se fâcherait.
Va plutôt chez Titine.

— Où demeure-t-elle ?

— Ah ! Je ne sais pas au juste ;
elle habite, m'a-t-on dit, près des
Halles, mais j'ignore le nom et le nu
méro de sa rue. Mais reste toujours

8

jusqu'à la tombée de la nuit, tu ver-
ras après. D'ici là tu auras le temps
de réfléchir et de prendre un parti.

Le soir vint et Marthe ne savait à
quoi se résoudre. Craignant les limiers
de la police qui faisaient des râfles de
femmes dans tous les caboulots du
quartier, elle s'enfuit de la boutique et,
ne sachant ou se réfugier, elle chemina
le long des quais jusqu'au Pont-Neuf,
se répétant, sans y croire, que le hasard
lui serait propice, qu'elle rencontrerait
son amie en route.

Arrivée sur le pont, elle se sentit si
lasse, si désolée, qu'elle s'agenouilla
sur un banc, dans une de ces demi-
lunes qui surmontent chaque pile. Elle
regarda, les larmes aux yeux, les remous
qui clapotaient au tournant des arches.

La Seine charriait ce soir-là des eaux couleur de plomb, rayées çà et là par le reflétement des réverbères. A droite, dans un bateau de charbon, amarré à un rond de fer grand comme un cerceau, des ombres d'hommes et de femmes se mouvaient confusément ; à gauche, se dressait le terre-plein du pont avec la statue du Roi. Planté au bas, près d'un concert, un arbre déchiquetait ses linéaments frêles sur le gris ardoisé du ciel. Plus loin enfin, le pont des Arts s'estompait dans la brume avec sa couronne de becs de gaz et l'ombre de ses piliers se mourait dans le fleuve en une longue tache noire. Une mouche fila sous l'arcade du pont, jetant une bouffée de vapeur tiède au visage de Marthe, laissant derrière elle

un long sillage de mousse blanche qui
s'éteignit peu à peu dans la suie des
eaux. Une pluie fine commençait à
tomber.

Marthe ne pensait plus à rien.

Elle regardait la Seine, sans même
la voir. La pluie tomba plus drue, de
plus larges gouttes lui fouettèrent le
visage. Elle se réveilla comme d'un
songe. Le spectre de la police se dressa
devant elle, implacable ; elle se pencha
sur le parapet, eut, pendant une seconde, l'idée d'en finir avec tous ses
maux, puis elle eut peur, recula et, effa-
rée, voulut s'enfuir, quand un homme
ineffablement ivre lui prit le bras.

— Tiens, Marthe ! Ah ça ! Que fais-
tu à regarder la Seine, pluie battante et
manteau trempé ?

Et Ginginet, remarquant combien elle était pâle, lui demanda si elle souffrait.

Elle lui avoua que peu s'en était fallu qu'elle ne se jetât dans la rivière.

— Des bêtises, fillette, glapit tragiquement le pochard ; meurs-tu de faim, as-tu tué quelqu'un, t'es-tu crêpé le chignon avec une camarade, as-tu été ramassée dans un ruisseau, insultant la force armée, que tu sois sans abri et que tu veuilles te suicider ? Pas de ça, Lisette, continua l'impitoyable blagueur, en tenant sa canne comme un fusil ; quand même vous seriez le petit caporal, on ne passe pas !

Elle ne disait mot.

— Mais, petite oisonne, poursuivit l'acteur, à quoi cela te servirait-il de te

noyer? C'est bête comme tout la mort...
même au cinquième acte d'un drame;
là, voyons, réfléchis un peu, te vois-tu
sur le Tucker de la Morgue avec tes
cheveux rouges et un ventre vert?
Tiens, ne me fais pas jouer, par un
temps semblable, le rôle d'ange gardien.
Je ne l'ai pas encore étudié, celui-là!
Viens-t'en plutôt écraser un grain avec
moi, voire même pour une dame qui
fréquente les poètes, viens pitancher
un verre de cogne. C'est dit, pas vrai?
Non? Mais tu es donc bûche que tu ne
réponds pas? Je parie que c'est la faute
à ce polisson que tu as pris pour amant.
Le sieur Léo t'aura fait des misères.
Eh bien! mais lâche-le!

Au nom de son amant, Marthe se
mit à sangloter.

— Allons bon, gémit l'ivrogne, voilà
de l'eau, maintenant ! Je gare ma
coupe !

— Ah tiens ! s'écria-t-elle, en s'exal-
tant à mesure qu'elle pleurait, tu ferais
mieux de ne pas m'empêcher de mourir ! Crois-tu donc que j'en aie déjà tant
envie ? Tu sais, on est folle au moment,
on s'imagine que c'est tout simple de
monter sur le parapet et de faire le saut.
Ça ne dure pas longtemps, par exemple ! on a une fière peur, va ! ça vous
remue, ce bouillonnement sous le pont !
c'est comme si on vous serrait la gorge,
on étrangle ! et c'est bête pourtant, car
mieux vaudrait en finir tout de suite
que de continuer à vivre comme je vais
le faire ! Vois-tu, Ginginet, tu diras ce
que tu voudras, mais Léo était tout de

même un bon garçon! je me suis con-
duite avec lui comme la dernière des
femmes. Je me grisais, sais-tu, et il me
couchait et il me soignait quand j'étais
malade. Est-ce que tu aurais fait ça,
toi? Allons donc, tu te serais soûlé
avec mes restes! Quant à ton opinion
sur moi, je m'en fiche! entre gens
comme nous deux, est-ce qu'on s'aime?
on se rencontre et l'on couche ensemble
comme on mange lorsqu'on a faim!
Ah! et puis j'en ai assez de cette vie de
transes continuelles, j'en ai assez d'être
traquée comme une bête! je me rends.
Eh bien quoi! quand tu me regarderas
avec tes yeux effarés, croyais-tu pas
avoir trouvé une vertu le jour où tu
me raccolas dans un cabaret? Tu as ramassé une traînée de boue, mon cher!

et tu sais, on a beau se décrotter, il en
reste toujours, ça revient comme la
tache d'huile sur les étoffes ! et puis,
après tout, qu'est-ce que ça me fait ?
Ni père ni mère et pas de santé, ça
s'appelle une chance quand on fait ce
métier-là !

Tiens, poursuivit-elle, en enfonçant
sa bottine dans la crotte, en voilà de
la boue ! eh bien, ça n'est rien ! j'y en-
foncerai jusqu'au menton, et je te jure
que je ne relèverai pas la tête, mon
vieux, je la baisserai jusqu'à ce que, la
bouche pleine, j'en étouffe et j'en crève !

— Ah ! ça, mais elle est folle, se dit
Ginginet, stupéfait de la voir s'enfuir
du côté des Halles, elle va faire des
bêtises. Sapristi ! je ne blague plus, je
vais la filer.

Il la rattrapa presque à un coin de rue ; malheureusement ses jambes lui pesaient formidablement, le petit bleu lui avait rompu les muscles ; il dut s'arrêter, souffler, rabattre sa chemise qui se sauvait de son pantalon et de son gilet et courir de nouveau le long des trottoirs, tantôt la perdant de vue dans des embarras de voitures, tantôt l'apercevant au loin, criant après elle, au risque de se faire arrêter par les sergents de ville.

Vint un moment où il galopait presque pieds nus ; ses souliers rendirent l'âme dans cette course vertigineuse. Feuilletés comme des galettes, anhelant comme des soufflets, il s'empétrèrent dans un monceau d'ordures, posèrent à faux, et leur maître s'étendit de tout son long sur le ventre.

Il se releva étourdi du coup et, avec cette persistance, née plus encore de la ténacité particulière aux ivrognes que de l'affection qu'il portait à Marthe, il s'élança de nouveau à sa poursuite. Il la vit au loin tirer une porte et disparaître. Brisé, moulu, renâclant, suant, il arriva devant cette porte, leva le nez en l'air, regarda la maison, resta bouche bée, éleva les bras au ciel, lâcha sa canne et, suffoqué par l'ivresse, étouffé par la stupeur qu'il éprouvait, il bégaya :

— Oh ! Jésus Dieu ! eh bien, c'est du propre !

Et il tomba tout d'une pièce sur un tas de trognons de choux et d'épluchures de scaroles qui bossuaient de vert le pavé de la rue.

VI

Il fut surpris de se réveiller le lendemain au poste. Il tenta de se rappeler les méfaits qu'il avait bien pu commettre. Ne les retrouvant point, il conclut judicieusement qu'il s'était pochardé ; soudain, il se rappela avoir rencontré Marthe, l'avoir suivie jusque dans une petite ruelle dont le nom lui échappait. J'ai rêvé, se dit-il, c'est impossible. Il se promit cependant, con-

naissant l'adresse de Léo, d'aller chez
lui aussitôt qu'il serait relaxé.

Il se fit, en effet, réclamer le jour
même par l'un de ses amis, et il courut au plus vite à la recherche de
Marthe. La concierge lui apprit sa dis-
parition et la visite des agents. Sur ces
entrefaites, Léo parut, descendant de
voiture et tenant sa malle de voyage à
la main.

Il reçut assez mal Ginginet qui lui
dit, très digne :

— Monsieur, si vous voulez avoir
des nouvelles de Marthe, vous ferez
bien de vous adresser à la Préfecture de
police (2ᵉ bureau de la 1ʳᵉ division,
Service des mœurs); on vous en donnera. Quant à moi, si je pleure l'artiste
dramatique, mon ancienne élève, j'ad-

mire la femme, mon ancienne maîtresse. Elle a au moins un avantage
sur les autres, elle renonce à tromper
les hommes. Marthe ne mentira pas,
maintenant qu'elle n'aura plus l'occasion de simuler les geigneries du par-
fait amour : ce que le bourgeois appel-
lerait piquer une tête dans le cloaque,
descendre le dernier échelon de l'infamie, je l'appelle, moi, une expiation,
un retour à l'honnêteté !

Et ce disant, plus digne que jamais, le
cabotin souleva son feutre qui, par suite
des heurts et cahots de la nuit, gondo-
lait piteusement et semblait un accor-
déon prêt à jouer une marche funèbre,
et sa silhouette calamiteuse et cocasse
disparut subitement au tournant du
couloir.

VII

Quand il fut parti près de sa mère
mourante, Léo ne songeait guère à
Marthe. Sa mère qu'il adorait, le
danger qui semblait imminent et qu'il
appréhendait de ne pouvoir conjurer,
l'absorbèrent complètement pendant le
trajet des trains.

Il demeura plusieurs jours près
d'elle ; le péril avait disparu, ses angoisses cessèrent et le souvenir de

9

Marthe l'obséda sans repos. L'aimait-
il vraiment ? Il ne le savait lui-même.
Cette fille l'avait certainement ravi
plus que toute autre. Tant qu'ils n'a-
vaient pas habité ensemble, tant
qu'ils n'avaient pas connu les défail-
lances de la vie commune, il s'était
senti violemment épris d'elle. Au
bout de huit jours de ces côtoiements,
tout ce renouveau de la femme qui
enchante quand même et qui n'est
que le résultat d'absences savamment
combinées, toutes les hideuses fai-
blesses de la nature que chacun s'ef-
force d'ignorer et que l'on se cache
de part et d'autre, tout cela était fini,
tout cela était connu, tout cela ne
présentait plus ce mystère sans lequel toute passion se lasse. Ces ins-

tincts de luxe, ces assaisonnements
de toilettes étaient épuisés ; après avoir
goûté à des mets de haute liesse, il
avait pénétré dans les arcanes de la
cuisine et l'appétit avait disparu en
même temps que le désir de toucher
à ces mets subtils et réveillés d'é-
pices, Il commençait à s'ennuyer de
cette monotonie sans espoir de revanche, de ce duo ressassé sur tous
les orgues de ménage ; puis, à y bien
songer, cette fille lui avait rendu la
vie insupportable avec ses appétences
et ses furies de folle, ses vices d'i-
vrognerie et ses abattements de malade, ses tumultes des sens alternés
de froideurs trop peu feintes ; s'il
eût quitté Paris pour un motif autre
que celui qui l'en avait fait partir, il

eût considéré cette échappée comme
un collégien considère les vacances
qui le délivrent de l'asservissement
des maîtres.

L'oisiveté qu'il mena dans la petite maison de sa mère ramena for-
cément ses pensées vers Paris. Il se
rappela les joyeux dîners, les enfan-
tillages des premiers jours, la traîtrise
des luttes à coups de lèvres. De loin,
tous les défauts de l'idole s'évanoui-
rent ; il la voyait, en quelque sorte,
idéalisée et plus belle qu'elle ne lui
sembla jamais ; le poëte reparut dans
l'amant, il replaçait sur un piédestal
de déesse la poupée dont il avait
entrevu le son sous la couverte de
peau rose ; bref, il se mourait d'envie
de l'adorer encore.

Il était avec cela miné par l'inquié-
tude. Toutes ses lettres étaient restées
sans réponse et il craignait un malheur. Il en vint à ne plus tenir en
place, à s'ennuyer partout ; sa mère
était rétablie, rien ne le retenait plus
à la campagne. Il partit.

Le chemin de fer, si lassant quand
le trajet dure pendant une journée
entière, accéléra encore son désir de
revoir Marthe. En vain, il s'essayait
à tuer l'interminable journée, s'efforçant de prendre intérêt aux ma-
nœuvres des trains, aux machines
qui passaient dans une vapeur rouge,
à l'étincellement du soleil sur les
cuivres, aux rails qui luisaient
comme de minces filets d'eau, il ne
songeait qu'à Marthe ; il regarda les

gens entassés dans le wagon et se
divertit, durant quelques secondes, de
leurs mines et de leurs hardes. C'é-
taient, pour la plupart, des paysans et
des paysannes; l'artiste se gaudit de
cette collection de nez; il y avait des
pieds de marmites, des nez à retrous-
sis, des nez gibbeux, des pifs épatés
et fendus; il y avait des expositions
de dents de toutes espèces, des
blanches, des jaunes, des bleuâtres,
des noires, des chicots de toutes
formes, les uns débordant sur la
lèvre, les autres battant en retraite
dans les gencives. Il prit même un
calepin et s'efforça de croquer des
cous de campagnardes qui lui tour-
naient le dos, des cous tapissés de
chairs grenues comme celles des vo-

lailles, des peaux de Caraïbes, mais
il s'ennuya, remit son crayon dans sa
poche et, passant la tête à la portière, regarda longuement cette ribambelle de maisons et d'arbres qui
semblaient se donner la main et sauter devant ses yeux une gigantesque
farandole.

Puis il retomba dans ses pensées
tristes. La gare du Nord s'estompa
enfin dans la brume, il débarqua, sauta
dans une voiture, arriva dans la cour,
le cœur battant, et maintenant qu'il
avait vu cet odieux Ginginet, il était
tombé dans un fauteuil, comme anéanti
par tout ce qu'il venait d'apprendre.

Il regarda sa chambre qui était restée
telle que le jour où il l'avait quittée.
Les bottines étaient échouées dans les

fleurs du tapis les pointes en l'air, les
quartiers en bas ; la couche était défaite,
les couvertures fouillonnées au hasard
des plis, le couvre-pied tamponné et
tassé dans la ruelle, les oreillers aplatis,
les cornes en avant. Tout accusait le
désordre du lever, les épingles à cheveux dans une coupe, les pantoufles
égarées dans chaque coin, la camisole
pendant au dos d'un fauteuil, la cuvette
pleine d'eau savonneuse, l'odeur du
renfermé, le parfum de l'eau de Botot
avec laquelle on s'est rincé les dents,
l'arome fin du Chypre qui fuyait du
flacon mal bouché, tout ce tohu-bohu
d'objets, tous ces réveils de senteurs
lui rappelèrent la fuite qu'il n'avait su
prévoir. Il se dressa comme mu par
un ressort et, à la vue de ce lit où

avaient bivaqué toutes les tendresses,
toutes les grâces malfaisantes de Marthe, il eut un étouffement et il demeura
inerte, l'œil stupidement fixé sur le
fouillis des draps.

Les jours qui suivirent furent atroces.
Il mena cette vie des gens enfermés
dans Paris sans famille, sans camarades, qui, à l'heure du dîner, remettent
leurs bottines pour aller chercher pâture
dans un bouillon. Cette halle où des
gens en gala viennent à plusieurs, manger des viandes insipides et roses, ce
brouhaha de bonnes en gris qui na-
viguent entre des tables de marbre, ces
malheureuses topettes de vin, ces assiettes en pâte à pipe, cette gloutonnerie
d'imbéciles qui dépensent deux francs en
nourriture et huit francs en boissons de

luxe, cette épouvantable tristesse qu'é-
voque une vieille femme en noir, tapie,
seule, dans un coin et mâchant, à bouchées lentes un tronçon de bouilli, tout
cet écœurement d'odeurs, tout cet as-
sourdissement de cris, tous ces frôle-
ments de foule, il les connut pendant
des mois. Il sortait du râtelier dégoûté
et las, ne sachant que faire, irrité par la
joie des autres, opprimé par un persis-
tant ennui, puis il apercevait à l'angle
d'un carrefour une taille, une robe qui
ressemblait à celle de Marthe et il recevait comme un coup de poing dans la
poitrine; il rentrait chez lui, les épaules
en avant, les genoux pliés, s'essayait à
écrire quelques lignes, jetait sa plume
avec rage, prenait un livre, regardait sa montre, attendant que dix

heures sonnassent pour se mettre au lit.

Ah ! la journée était lourde à porter ! mais le soir, avec les demi-teintes du crépuscule et ces ciels rouges d'automne qui navrent jusqu'au spleen, toutes ses rancunes se ravivaient et l'assaillaient plus opiniâtrement encore. Quoi qu'il voulût faire il pensait à Marthe ; il la revoyait excitante et narquoise, il se rappelait l'ondulation de sa croupe sur le divan, elle lui souriait, œil allumé et dents à l'air, et il se levait, les sens en rumeur, prenait son chapeau et fuyait par les rues. A toutes ces douleurs vinrent se joindre ces terribles détails de la vie qui brisent les plus fiers. Ces riens, ce linge en miettes qu'on ne rac-commode pas, ces boutons arrachés, ces bas de pantalon qui s'effrangent et

vous donnent l'air d'un misérable, ces
ineptes bêtises qu'une femme conjure
en deux tours d'aiguille, le harcelèrent
de leurs mille piqûres et lui firent sentir
plus encore combien il était délaissé par
tous. Pour la première fois de sa vie, il
songea au mariage, mais il n'avait pas
de situation, il ne pouvait raisonnable-
ment penser à en finir ainsi.

Il se reprocha de n'avoir pas retenu
Ginginet, de ne pas lui avoir demandé
l'adresse de Marthe et il le cherchait
vainement dans tous les cafés où il se
montrait d'habitude, lorsqu'un soir, qu'il
battait les pavés, il fut frappé sur l'épaule
par l'un de ses amis, un interne à l'hôpital de Lariboisière. Il lui conta ses souf-
frances, lui demandant, à tout hasard,
s'il connaissait la demeure du cabotin.

— Mais oui, dit l'autre, Ginginet est
établi marchand de vins rue de Lourcine, seulement.... seulement, comme
il est sur le point de faire faillite, si tu
veux le trouver, dépêche-toi de l'aller
voir.

Léo saisit le bras du jeune homme
et l'entraîna, bride abattue, dans les
méandres du quartier des Gobelins.

VIII

En suivant, à gauche de l'Observa-
toire, le boulevard de Port-Royal, ils
arrivèrent après quelques minutes de
marche, devant des escaliers qui s'en-
foncent sous un pont et tombent dans
l'une des rues les plus hideuses de Paris,
la rue de Lourcine. Il y avait, d'un côté,
un terrain vague avec des baquets
pleins d'eau, des pierres de taille acco-
tées les unes contre les autres, des

piquets reliés par des ficelles et laissant
flotter, comme des drapeaux, des ca-
misoles à pois déteints, des blouses
bleuâtres, des culottes à côtes vert
bouteille, des haillons effiloqués, et,
de l'autre, vis-à-vis ce chantier de
pierres, s'étendaient, en rang d'oignons,
des masures lézardées, mitrées de toits
de zinc effondrés et croulants. Il y
avait des boutiques de petits commer-
çants, joailliers en savates, orfèvres en
cuir, ravaudant les vieux socques, ra-
petassant les bottines, débitant des
semelles de paille et de liège ; des frui-
teries où l'on vendait du lait et des sol-
dats de plomb ; des épiceries où s'entassaient, séparés par des cloisons de
verre, des amas de pommes tapées,
aux pelures froncées et couleur d'ama-

dou, des vagues d'amandes blondes,
des piles de sucre candi, des biscuits
Guillou, des meules de gruyère, des
confitures orangées ou roses, limpides
ou bourbeuses, des litres rouges, des
tambours en bois où se liquéfiaient les
chairs dissoutes des géromés à l'anis ;
des gargotes aux vitrines desquelles
se racornissaient des poissons rissolés
et friables, des lapins saignants enca-
drés d'un mur de vaisselles opaques et
de saladiers regorgeant de pruneaux
qui s'enlisaient dans la vase de leur
sauce.

Léo et son ami s'orientèrent dans la
rue. Ni l'un ni l'autre ne connaissait
l'adresse exacte du comédien. Ils avi-
sèrent enfin, non loin de la rue des
Lyonnais, un marchand de tabac qui

arborait fièrement à sa devanture, au
dessus de blagues en cuir granuleux et
en vessie de porc, des grappes de pipes
blanches : têtes de jeunes filles et de
turcs, de zouaves et de boucs, de bac-
chus et de patriarches ; une jeune fille
mafflue, qui pesait des carottes à
chiques, leur indiqua la maison qu'ils
cherchaient, une maison récemment
barbouillée d'une couleur grumeleuse
et rosâtre, quelque chose comme un
écrasement de fraises dans du fromage
blanc, de lie de vin dans du plâtre.
C'était là, en effet, derrière un comptoir en zinc, troué de citernes minus-
cules pour l'écoulement des vins, que
gesticulait et braillait le chanteur.
Le ventre ceint d'un tablier noir, les
bras nus, la bouche crénelée de bouts de

dents, le groin rouge comme une vite-
lotte, Ginginet, cabotin et ivrogne par
goût, cabaretier et coureur de filles par
nécessité, buvait de quatre heures du
matin à minuit, avec ses pratiques, qui
travaillaient, pour la plupart, à trier des
chiffons et à préparer des peaux de
bêtes avec du tan.

Mais ces ouvriers ne venaient guère
que le matin, au point du jour, ou le
soir, à la tombée de la nuit. Aussi le
cabaret était-il presque toujours vide
de neuf heures du matin à huit heures
du soir, et à part une tourbe de ribo-
teurs qui venaient se repaître de galima-
frées d'andouillettes et de tripes à la
mode de Caen, la grande salle était dé-
serte. Le soir, au contraire, elle était
pleine à ne pouvoir bouger, mais le

cabot s'esquivait, laissant la garde du comptoir à un grand échassier à calotte de velours, un ancien pion qui lui tenait ses livres et servait, au besoin, les clients, et il allait rejoindre dans une autre salle, séparée de la grande par la cuisine, ses amis et confrères, un ramassis de chanteurs et d'échotiers de journaux. Ces pratiques-là buvaient à ventre regoulé et sans un sou en poche ; mais on n'a pas hurlé impunément sur les planches, la bouche en cul de poule et les yeux en billes, et quand Ginginet se trouvait avec eux, il leur faisait volontiers crédit, regrettant presque sa misère d'autrefois, déplorant même, quand il avait trop bu, la mort de son oncle qui l'avait fait hériter de ce débit de vins.

Ses compagnons regrettaient moins
que lui son changement de fortune ;
ils l'aidaient à manger son fonds et,
lui, les laissait faire avec un beau
désintéressement qui provenait, sans
doute, de son habitude de se pochar-
der de l'aube jusqu'à la nuit et de
la nuit jusqu'à l'aube. C'est à peine
si, ce soir-là, il reconnut Léo ; il s'é-
tait si fort rué en cuisine, il s'était
noyé l'âme dans un tel lac de regin-
glat, qu'il vacillait comme un navire
en détresse, il faisait non pas eau
mais vin de toutes parts ; il s'était
traîné du comptoir jusque dans la petite salle, et là, se caressant la bedaine, il débitait avec une profonde
hébétude un chapelet de mots sonores
dont il ne comprenait pas le sens, ra-

tiocinait pour la millième fois, rabâ-
chait jusqu'à extinction de voix, ses
théories d'acteur en ripaille, s'adres-
sant plus particulièrement à un malheureux journaliste qui butait du nez
contre une table et criait d'une voix
larmoyante :

— Ginginet, tu es grandiloquent
comme feu Cicéron lui-même, mais
tu m'embêtes ! »

Léo parvint à acculer l'ivrogne dans
un coin et lui demanda des nouvelles
de Marthe. Ginginet hurla à tue-gorge :

Elle est mon bien, elle est ma vie !

Puis, clignant de l'œil et tapant sur
la cuisse du poète, il bredouilla :
Hein, mon fils, c'est une largue qui
vous traque les entrailles, ça ? Elle a

du persil, c'est clair, mais avouez
que sa tête ressemble à celle de la
statue des merlans, « Mlle Sidonie »,
avec ses mirettes noires et ses cheveux en poils de soleil !

— Hé ! pomme de canne ! mugit
une voix, tu jaspineras plus tard.
Sers-nous d'abord des bocks !

Il fut impossible à Léo de reprendre la conversation au point où
il l'avait laissée. Il s'apprêtait à sortir, se promettant de revenir dans la
journée, mais toutes les issues étaient
bouchées par des entassements de
corps. Un triomphant vacarme emplissait la salle ; une douzaine d'individus avaient roulé par terre et dor-
maient, à jambes rebindaines, et, dans
les coins, des égueulées, les cheveux

épars, ardaient sous les regards flam-
bants et se débattaient entre les bras
des assaillants qui les voulaient pé-
trir. Léo et son ami atteignaient enfin
la porte quand elle s'ouvrit, jetant
sur le parquet une nouvelle râtelée
d'artisanes en godailles, secouant
leurs jupes, riant d'un rire stupide,
hurlant à pleins poumons :

— Chahut ! Chahut !

Léo pensa défaillir. Il venait de re-
connaître Marthe dans ce bataillon
d'histrionnes ; elle devint affreusement
pâle et l'attendit. Il s'arrêta devant elle,
l'œil en feu, tremblant de tous ses
membres. Il voulut parler, sentit
comme une main qui lui serrait la
gorge et, ânonnant, bredouillant, fou de
rage, il fit avec le bras ce geste de dé-

goût des Parisiens et, poussé par son
ami, assourdi par les huées des gens
qu'il bousculait, il se trouva dehors
sans qu'il sût comment.

Quand il fut parti, Ginginet surprit
un geste éploré de Marthe. Il demeura
pensif, puis il l'appela et la fit monter
dans sa chambre, un taudion formé de
lattis et de plâtre, et, se croisant les
bras, il lui dit :

— Eh bien ?

Comme elle ne répondait pas, il reprit, s'affolant à mesure qu'il parlait :

— Tiens, vois-tu, j'en ai plein le
cœur, Je t'ai tirée de la piolle où tu
gisais, les quatre fers en l'air, je t'ai
fait rayer des contrôles de la Préfecture, je t'ai amenée ici, tu piffres, tu
boissonnes, tu fumes, c'est tout dans la

vie, ça ! Tu as le plus beau sort qu'une
femme puisse envier, et, en échange de
ce paradis, en échange de toutes ces
liches, en échange de toutes ces bitures,
me turlupines comme un gogo, tu
me fleuris de jonquille en veux-tu,
en voilà ! C'est guignolant à la fin, je
réclame ! Je n'en ai pas pour mon argent ; c'est mal pesé, je n'ai que des
os, je demande de la réjouissance !
Non, mais c'est aussi par trop fort ! Tu
vas, tu viens, tu rentres, tu ne rentres
pas, je me tais, — je ne puis faire autrement d'ailleurs, — tu as d'autres
amants, c'est sûr, des gosses de vingt
ans qui te répètent qu'ils t'aiment, et tu
t'imagines que c'est arrivé ; tu crois
manger du turbot parce que c'est écrit
sur la carte, comme s'il y avait encore

du turbot ! Imbécile ! c'est du carre-
let que tu béquilles, c'est comme
les choses qui seraient véritablement
bonnes, ça n'existe pas ! C'est décidément bien vrai qu'il n'y a que la foi qui
sauve... et la bêtise.... Oh ! tu sais, ce
n'est pas la peine d'allumer la rampe
de tes yeux, j'y vois clair, va ! Je te
connais, toi et tes semblables : avoir
vingt-quatre amants, un par heure, ça
ne tire pas à conséquence, on fait le
métier ou on ne le fait pas, je n'ai rien
à dire, ça me paraît tout naturel ;
mais je ne veux pas des réserves que
tu fais avec les autres, moi ! Tu m'en-
tends, n'est-ce pas ? Aussi j'exige que
tu ne le reluques plus ton poète. S'il
t'agrafait à nouveau, il aurait non
seulement la femme, mais la maîtresse.

La femme, passe encore, la maîtresse,
non ! Voilà, décide-toi, ma fille, c'est à
prendre ou à laisser !

— Je laisse, dit Marthe.

— Tu laisses ? A ton aise. Va le rejoindre, ton rafalé d'amant ! Non,
écoute, reste encore quelques instants
et réfléchis. Avec lui, c'est la débine
sans frein ; avec moi, c'est le verre
jamais vide, c'est le boucan perpétuel, c'est la bombance à tour de
mâchoires. »

Et comme, sans l'écouter, Marthe
préparait un paquet de ses nippes,
Ginginet lui prit les mains et poursuivit :

— Tiens ! après tout, j'ai peut-être
tort, car enfin ce n'est pas de ta faute
s'il est venu ce soir. Voyons, crois-

moi, ne nous disputons plus; aussi
bien, à force de parler, j'ai comme
du poussier dans la gargoine. Je
suis sans rancune, toi aussi, pas
vrai? Dis donc, chérie, si nous lichions
un petit bischoff? Qu'en penses-tu?
je vais crier à Ernest qu'il nous en
monte un grand bol... Non? tu n'as
pas soif? Oh! n'aie pas peur, va, ce
sera un vrai bischoff que tu boiras,
pas de ceux qu'on sert en bas; je
le ferai faire avec une bouteille de
Grave, c'est gentil, hein? mais que
faut-il donc, bon Dieu, pour te déri-
der? Voyons, laisse-là ton baluchon,
tu ne vas pas l'emporter ce soir. Où
irais-tu d'ailleurs? pas chez Léo,
toujours... Ah! tonnerre! si tu y
allais...

— Eh bien! et quand j'irais? Ah
ça, tu crois donc que j'écoute toutes
les guitares que tu me grattes depuis
une heure? Tu m'as fait sortir de
ma geôle, c'est vrai. Pourquoi? Pour
me planter dans un comptoir et
échauffer les gens en goguette. Je sers
d'enseigne à ta bibine; je joue le rôle
d'allumette, mais je n'ai pas le droit
de brûler pour de bon! Quant à
mon rafalé d'amant, comme tu le
nommes, je l'aimerais peut-être s'il
avait plus de colère au cœur, s'il était
moins gnian-gnian, s'il était homme,
enfin. Mais, c'est égal, malgré tout,
j'en raffole presque ce soir; il m'a
fièrement méprisée, ça m'a émue. Oh!
je ne te le cacherai pas, j'ai été sur
le point de le suivre.

— Avec ça qu'il aurait voulu de
toi !

— Il n'aurait pas voulu de moi.
Ah ! ça, mais tu es bête, dis donc ?
Est-ce que tous les hommes ne par-
donnent pas aux femmes qui les font
souffrir. Il n'y aurait plus de malheur
sur terre alors et ce ne serait pas la
peine d'avoir des prisons et des juges !

— La belle malice que de vous em-
paumer, vous autres ! Oh, c'est bien
simple, va !

Et le touchant presque, elle lui
tendit ses merveilleuses lèvres, écla-
tantes comme des pivoines et tout
embrasées par la flamme blanche des
dents.

Ginginet fut remué de fond en comble
et il avança les bras.

— Bas les pattes, vieux ! dit-elle. Je joue la comédie, et c'est toi qui me l'a apprise. Ni vu, ni connu, je t'embrouille. Tout bien considéré, vois-tu, ta bedaine me choque avec son va-et-vient perpétuel; tes joues pèlent, ton nez se truffe, ta figure ne me revient décidément plus. Bonsoir !

— Sais-tu une chose, Marthe ? dit Ginginet très pâle, c'est que j'ai une furieuse envie de te giffler comme tu le mérites !

— Ah, par exemple ! toi me giffler ! n'approche pas, tu sais, ou je te brise cette carafe sur la tête !

Ginginet n'en attendit pas davantage; il se rua sur elle, attrapa à la volée un coin du cristal qui lui bossua le crâne, mais il empoigna la

fille par les mains et la jeta rudement
sur le plancher.

Elle se releva meurtrie et elle le
regarda avec plus d'étonnement que
de colère.

— Tu as ton compte ! dit le comédien, va te coucher maintenant !

Et il sortit, fermant la porte à
double tour. Il redescendit, puis, se
frappant le front, il remonta l'escalier,
rouvrit la porte et dit à Marthe :

— A propos, tu sais, s'il te plaît
d'aller retrouver Léo, ne te gêne pas,
ma chère !

Elle ne soufflait mot. Ginginet murmura :

— Je la tiens. Maintenant qu'elle
est libre d'aller le rejoindre, elle ne
bougera plus, et il ajouta sentencieu-

sement, en se caressant la cime du
nez : « C'est étonnant comme les poëtes
sont bêtes ; ils font des phrases, ils
pleurent, ils geignent, ils crient, comme
si cela touchait les femmes ! N'est
aimé que celui qui cogne. Ce n'est
pas du marasquin qu'il faut servir
aux filles, c'est du vinaigre. J'ai
maintenant pour huit jours d'amour
sur la planche ! »

IX

Ginginet avait pensé juste. Marthe
était arrivée à cette phase où les sens
ne vivent plus que par secousses.
L'amour peureux, l'amour ne vivant
que de brutalités et d'injures, le sys-
tème nerveux bandé à l'excès et ne
se détendant que sous le poids de la
douleur physique, les joies de la
bourbe, cette haine attendrie que l'on

porte au mâle qui vous fouaille, les
révoltes furieuses contre le servage,
cette allégresse à frapper son domp-
teur, quitte à se faire écraser par lui,
rendirent Marthe presque folle. Elle
eut des moments d'accablement et de
prostration où elle recevait les coups
sans bouger jusqu'à ce que, hurlant
de douleur, elle le supplia de ne la
point tuer. Elle eut aussi des bondis-
sements, des jours où, rugissante et
cabrée, elle se précipitait sur lui, éprou-
vant une âpre jouissance à se colleter
corps à corps, à se rouler sur le carreau, à briser tout ce qui tombait sous
sa main, puis, sans haleine, sans force,
énamourée et farouche, elle enlaçait
de ses bras meurtris le sinistre far-
ceur qui descendait lamper chopine

en bas, et répondait aux buveurs atterrés par ces cris :

— Oh ! ce n'est rien ! Je repasse la
chemise de ma femme !

Il redescendit un jour, la figure en
sang. La salle s'esclaffa de rire. Ces
railleries l'exaspérèrent ; il remonta
dans sa chambre et il assomma presque Marthe à coups de bottes. On
dut la lui arracher des mains et la jeter
dans une voiture qui la déposa au
premier hôtel venu.

Du coup elle fut guérie de son amour.
Quand elle se réveilla, le lendemain
matin, brisée et le visage bleu par
les coups, elle s'étonna d'avoir pu supporter ces ignobles luttes et elle ressentit un horrible dégoût pour l'homme
qui l'avait ainsi frappée. Elle avait en-

core quelques sous dans sa poche; elle
vécut à l'hôtel tant que la trace de ces
pugilats ne se fut point effacée, puis
elle s'habilla de son mieux et se résolut
à aller chercher abri chez l'une de ses
camarades, une ancienne cabotine du
théâtre de Bobino dont elle avait re-
trouvé l'adresse.

Cette femme était, depuis l'an trente-
cinquième de son âge, entretenue par
un vieillard marié, qui venait se con-
soler de la beauté de sa femme avec
les grâces frelatées de sa maîtresse.

Quand Marthe arriva chez elle,
Titine, vautrée sur un divan, se faisait
inspecter la main par sa bonne, qui lui
expliquait en un charabia d'Auvergne
la désastreuse influence de la ligne de
Saturne et s'étonnait qu'une femme

de si peu de mœurs n'eût pas plus
de grilles sur le mont de Vénus.
Marthe interrompit la séance de chiro-
mancie et expliqua en quelques mots
à sa compagne le service qu'elle attendait d'elle.

— Tu tombes bien, ma chère, répondit la fille, il y a justement réunion ici
ce soir. Ce sera très amusant, tu ver-
ras. Il y aura beaucoup de jeunes gens
riches, et je pourrai, si tu le désires,
te mettre en relation avec l'un d'entre
eux. Vois-tu, ma petite, ce n'est pas
une vie que d'aller avec Pierre et
avec Paul ! C'est déjà bien assez que
d'avoir un homme qui vous entretient
et un autre qui vous gruge ; il faut faire
une fin. Vois, moi, je suis très heureuse ; j'ai pour amant un malbâti, c'est

vrai, mais il ne passe presque jamais
la nuit; c'est à considérer. Gante,
comme j'ai fait, un vieux qui soit marié
ou un tout petit jeune homme qui ne
le sera qu'après s'être laissé ruiner;
l'un et l'autre se valent. Le tout c'est
de ne pas prendre un amant qui
atteigne la trentaine. Plus d'amour et
pas encore de passion, c'est notre
mort à nous, ces gens-là !

La soirée fut charmante. Le gros
négociant arriva, flanqué d'un pâté
aux truffes et d'un panier de vins.
C'était un crapoucin bonasse et un
jovial compère que ce commerçant
coureur de guilledous. Ventripotent et
poussif, il avait des favoris en nageoires,
et sa figure offrait cette particularité
étonnante, que le nez était couleur

d'aubergine, tandis que le reste de la
figure semblait teint avec ce rouge
éclatant des peintres émailleurs, la
pourpre de Cassius. Il fit des compli-
ments de boîtes de dragées à Marthe,
lui expliqua qu'il était marié, depuis
deux ou trois ans, avec une jeune
femme, qu'ils étaient séparés de lit sinon de corps, depuis qu'il avait connu
Titine, et il acheva ses confidences
par l'aveu qu'il adorait la jeunesse et
que son plus grand bonheur était de
souper avec de joyeux garçons et de
jolies filles.

La sonnette commençait à tinter.
Les invités arrivèrent en foule. Vieillards cérémonieux, arborant sur des
lèvres sans dents un sourire folâtre,
jeunes gens vêtus de cols cassés, de

vestons courts, de pantalons larges, de
souliers à bouffettes, femmes un peu
mûres et rechampies de talc et de rose,
jeunes filles aux voix d'hommes en-
roués, aux poitrines flasques ou plates,
moutards frais éclos du collège, avec
une raie au milieu du front et des bas
rayés, tout cela se tassa dans le petit
salon. Le mal-être des premiers instants se dissipa bien vite, les hommes
s'enhardirent, le gros négociant rit de
tout son rire épais, Titine prit l'air
pincé d'une maîtresse de maison, la
bonne eut des familiarités de servante
à filles, le punch circula et les inepties
commencèrent à se débiter. Les femmes n'osaient encore se révéler et laisser libre cours à leurs joies de guin-
guettes, les vieux routiers se réservaient

pour l'heure de la bâfre, les jeunes
gens causaient du dernier bal de madame une telle. On proposa de se dé-
gourdir les jambes. Le quadrille débuta
presque convenablement, mais à mesure que les couples s'échauffèrent et
que le gros homme, incapable de se
maîtriser, eût commencé à débiter de
lubriques sornettes, la danse se dégin-
ganda. A l'heure du souper, les vieillards avaient déboutonné leur gilet et
se trémoussaient, les basques de l'habit
en l'air, les bras en tourniquet, épou-
monnés, suant, soufflant, battant des
jambes, dodelinant du torse.

L'Auvergnate ouvrit la porte de la
salle à manger. Chacun se précipita
sur la table; on s'assit pêle-mêle, les
femmes sur les genoux des hommes,

et l'on pignocha les petits pois et les
truffes. La bedaine au galop, les yeux
paillards, le gros père exultait. Il fit
verser le champagne destiné aux femmes, le champagne qui mousse rose,
et il appliqua ses vieilles lèvres d'œgy-
pan sur les bras de ses voisines. Ce
fut comme un signal. Les couples se
pressèrent. Marthe était assise près
d'un jeune homme qui lui parlait de
courses et d'un pari qu'il avait engagé
sur Finette, une pouliche superbe, disait-il.

Quand il eut épuisé ce sujet de conversation, il lui mâchonna quelques
lourds madrigaux auxquels elle ne
répondit que par des sourires, se
réservant de demander à son amie
quel était ce bellâtre.

— C'est un fier imbécile, lui dit
Titine, bête et riche; aiguise tes que-
nottes, ma fille, et mords à belles
dents. Sois aimable, mais tiens-moi
ça en laisse, c'est nécessaire avec des
morveux de cet âge !

On se leva de table et l'on fut boire
au salon du café et des liqueurs. Ce
fut une vraie débandade. Enfouis dans
des fauteuils, les vieillards ne bou-
geaient plus : ils digéraient, somno-
lents et gavés. Les jeunes papillon-
nèrent et allumèrent des cigarettes;
d'aucuns, très pâles, disparurent; les
autres s'assirent à côté des femmes et
se mirent à les lutiner. Marthe devint
froide comme un marbre dès que
l'éphèbe, enhardi par le sans-gêne des
couples, voulut l'embrasser. Il fut

quelque peu surpris, mais il se consola,
très satisfait d'avoir pêché dans la
bourbe de ce vivier une femme qui eût
de la tenue et ne se laissât pas enlever
dès le premier soir.

— Tu couches ici, n'est-ce pas ? dit
Titine.

— Mais comment faire ? reprit
Marthe, ton amant va rester !

— Lui ? dit la fille en montrant du
doigt le vieillard qui gisait anéanti sur
un divan, plus rouge et plus gonflé
que jamais, allons donc ! Il aurait vraiment trop de bonheur s'il pouvait, à
son âge et sans péril pour sa santé,
s'empiffrer de la viande et des vins et
rester avec moi après !

X

Huit jours ne s'étaient pas écoulés
que Marthe se trouvait en possession
d'un grand appartement qu'elle fit
meubler avec un goût stupide. Pour
se venger d'avoir autrefois mangé avec
ses doigts, elle voulut avoir de l'argen-
terie, et elle n'eut garde d'oublier dans
ses achats les faux cuivres de boule,
les camelottes de bois de rose, les
glaces à cadres trop dorés, les éternelles

appliques emmanchées de bougies
roses. Son amant ne se plaignit point
d'ailleurs ; pourvu que sa femme fût
excentriquement vêtue et qu'elle se
laissât traîner dans les parties fines et
sur les champs de courses, il se tenait
pour satisfait, et puis, il était enchanté
d'entendre des gens miséricordieux
dire, en levant les yeux au ciel :

— Ce petit imbécile est en train de
se faire ruiner.

L'idée qu'il fût capable de manger
son capital le ravissait. Marthe fut
révoltée par l'ineptie de cet être.
Quand il amenait à sa suite, une
ribambelle de galopins barbus, coiffés
en drôlesses et confits dans l'opopanax
et que, vautrés dans le salon, ils jabo-
taient, pendant des heures, célébrant

avec des enthousiasmes d'idiots la
gloire de « Tartine » qui avait gagné
d'une longueur sur « Jacinthe », alors
que Saxifrage et Mascara s'étaient
dérobés à la barrière fixe, elle se frois-
sait les mains avec rage.

Elle eut, il est vrai, des diver-
sions. Le lundi suivant, son cor-
nac entraîna chez elle des hommes
sérieux et considérablement ivres qui
lui prirent le menton et dirent
avec des allures de mystère :

— Vous savez, n'est-ce pas, que
demain le marché sera très indécis,
hésitant entre les facilités offertes et les
méfiances répandues par la déprécia-
tion des valeurs étrangères ?

— Oh ! je ne sais pas ; moi, ce
qui m'intéresse davantage, c'est d'être

assuré que le Saragosse est ferme et qu'il donnera d'excellents dividendes.

— Peuh ! Au fond, tout cela n'est pas brillant ; si certaines actions ont une bonne tenue, il est véritablement triste que notre marché fléchisse, car enfin, si nous exceptons nos rentes, sur lesquelles il y aura toujours quelques transactions à faire, les autres valeurs sont peu offertes. Je ne parle pas, bien entendu, des chemins de fer, qui font bonne contenance.

— Oh ! s'écria Marthe révoltée, j'aime encore mieux les voyous !

Son amant la trouva mal élevée, mais il attribua cette étrange sortie à deux verres de champagne qu'elle avait bus.

Marthe se reprocha sa lourdise et

désormais elle ne dit mot, étouffant
ses rancunes et ses rages. Dès le premier jour, son amant lui déplut; elle
l'exécra dès le premier soir. Il vint
vers deux heures du matin, l'œil guil-
leret, la bouche remplie par un gros
cigare. Il causa du cheval qu'il choisi-
rait au prochain handicap, et, relevant
avec un beau semblant de distraction
le bas de ses culottes, il fit voir à la
femme qu'il nourrissait un caleçon
à trame rose. Comme elle ne s'exta-
siait point devant cette élégance de
clown, il tira un peu son maillot et
dit en avançant les lèvres :

— Vois donc comme la soie est
souple?

Elle garda le silence, attendant cette
gracieuseté banale, cette amabilité de

rencontre, que tout être, si vil ou si
abêti qu'il soit, témoigne, la première
nuit au moins, à la femme qu'il est
censé vaincre. Elle eût pu attendre
longtemps! Quand il eut achevé son
cigare et que, battant du pied, il en
eût écrasé la cendre sur le tapis, il
murmura satisfait :

— Je parie que tu ne devines pas ce
que contient cette valise? Non? Oh!
c'est-il drôle, les femmes, ça ne devine
jamais! Eh bien! mais, c'est un vêtement de nuit; et il étala avec une
monstrueuse joie une chemisette en
foulard de Surah maïs, agrémentée de
rubans couleur feu.

Pour la première fois depuis qu'elle
l'avait quitté Marthe songeait à Léo.
Quelle différence entre le début de

ces deux hommes ! Où étaient les
respects égrillards du poète, les hâtes
si ralenties du déshabillé ? Léo défaisait, une à une, ses jupes, délaçait son
corsage, la soie sifflait et lui battait les
hanches, sa gorge s'arrondissait à l'aise
dans la chemise qui remuait du col aux
pieds. Alors il la prenait, la portait
dans le lit, faisant la maraude des
baisers, tandis qu'elle se pâmait, le
corps craquant entre ses bras. Sans
doute, le soir où elle vint chez lui,
les premiers instants avaient été péni-
bles, mais une fois qu'ils s'étaient
saisis corps à corps, une fois qu'ils
s'étaient échauffés dans la lutte, de
quelles vives délices ne s'étaient-ils pas
repus ! Cet inoubliable souvenir des
nuits d'où l'on sort, les épaules rouges et

les tresses mordues, l'opprimante vision
de ces moments où les mains s'éga-
garent, tous ces recueillements attendris,
tous ces bonheurs à perte d'haleine,
l'obsédèrent à nouveau et, furieuse, elle
poussa rudement dans l'alcôve son
amant, qui se cogna contre le mur et
marmonna, tout endormi :

— Ah bien! mais non, tu sais, tu m'embêtes, toi! Tiens-toi donc tranquille!

Il prit l'habitude de venir tous les jours
la harasser de sa présence; elle l'eût
étranglé avec joie, cet imbécile qui la
détaillait sans bouger quand elle se
mettait au lit! Elle en vint à être tellement importunée par cet homme qu'elle
n'eut même plus de goût à lui manger
ses biens; elle resta chez elle, couchée
pendant des journées entières, fumant

des cigarettes, buvant des grogs, anéan-
tie et torpide. Cette solitude qu'elle se
créa, renonçant aux visites d'autres
femmes, cette somnolence qui ne la
quittait plus, devait aboutir comme autrefois, quand elle habitait chez le poète,
à d'abominables soûleries. Elle but, à
gosier débordant, des alcools et des
bières, mais quand sa tête s'emplissait
de brumes, elle revoyait la chambre de
Léo; cet amant qu'elle avait torturé
comme à plaisir se vengeait par le per-
sistant souvenir de ses bontés.

Marthe se vautra dans le vin pour
s'égayer et chasser à jamais la hantise
du poète, mais son estomac s'y refusait
maintenant, elle eut d'atroces flambées
dans le ventre. Elle dut interrompre
ces noyades et, un soir, exaspérée de

ne pas dormir, les nerfs malades à se
rouler par terre, elle sauta du lit, s'habilla, prit une voiture et se fit conduire
chez son ancien amant.

Ce fut machinal, ce fut inconscient.
Les bouffées d'air qui entraient par les
embrasures du fiacre la firent revenir
à elle. Il était dix heures du soir, elle
fut sur le point d'arrêter le cocher et
de descendre du véhicule. Il fallait
qu'elle fût vraiment folle pour aller
ainsi chez Léo. Demeurait-il toujours
à la même adresse, serait-il chez lui,
n'y trouverait-elle pas une autre femme?
Et puis, quel accueil lui ferait-t-il? Si
elle fût retournée le voir le lendemain
qui suivit leur rencontre chez Ginginet,
nul doute qu'il n'eût crié, nul doute
qu'il ne l'eût honnie, mais qu'en fin

de compte, il ne fût tombé dans ses
bras; sa rage devait être aujourd'hui
passée et avec elle cette inévitable conséquence : la lâcheté des sens, la faiblesse du cœur; il pouvait tout simplement la prier de sortir. Marthe
hésitait encore quand la voiture s'arrêta, elle fit un geste qui risquait tout,
sonna au plus vite comme pour ne
point se laisser le temps de retourner
sur ses pas, monta l'escalier et, hale-
tante, frappa la porte de sa main. La
porte s'ouvrit et, stupéfié, Léo regarda
Marthe et dit :

— C'est toi !

— Oui... tu sais, je passais dans le
quartier, je suis venue pour savoir de
tes nouvelles... — Tu vas bien ?

— Oui, mais...

Elle lui mit les doigts sur la bouche
et reprit :

— Voyons, ne me dis rien, ne parlons plus du passé, ce qui est fait est
fait. Aussi bien, je n'ai pas grimpé tes
quatre étages pour te chercher noise.

— Tiens, causons de tout ce que tu
voudras ; travailles-tu beaucoup ? t'a-
muses-tu ? as-tu trouvé un éditeur ?

Léo regardait la porte d'un air en-
nuyé.

— Ah ! tu l'attends, murmura-t-elle,
j'aurais dû m'en douter — je m'en vais
alors — elle est brune ou blonde ?

— Blonde et, qui plus est, honnête.

— Honnête ! avec cela qu'il y a des
femmes honnêtes qui viennent à onze
heures du soir chez un homme ! elle
est comme nous toutes, parbleu ! plus

ou moins de tenue quand elle marche,
plus ou moins d'élan quand elle se
déshabille! et après? tiens, je voudrais
la voir, je lui dévisagerais la frimousse,
moi! tu verrais bien si son honnêteté
ne s'écaillerait pas ; mais que je suis
bête! est-ce que cela me regarde
qu'elle soit honnête ou non.

A ce moment la sonnette tinta. —
Le jeune homme fit un mouvement,
Marthe se sentit perdue si la porte
s'ouvrait, elle se campa devant Léo et
se pendit à son cou; il tenta de se dé-
gager, mais les yeux de Marthe prirent feu, ses lèvres le brûlèrent de
leurs flammes mouillées, pantelante,
dégrafée, elle l'entraîna près de la fenêtre. — La sonnette tinta plus fort.

— Je t'aime, murmura-t-elle, n'ou-

vre pas ; je me bats avec elle d'abord,
si elle met les pieds ici !

Il se résigna, furieux d'être ainsi
joué. Le pas s'éloignait. — Les deux
amants se regardèrent sans dire mot.

Marthe vint s'asseoir sur ses genoux
et l'embrassa ; il se laissait faire, mais
ne lui rendait pas ses caresses ; alors,
comme achevant d'exprimer une idée
qui la poursuivait, elle s'écria :

— Oh ! ils se ressemblent tous ! Vou-
drais-tu pas que je les aimasse ! des
gens qui se soucient d'une femme
comme d'une écale qui serait vide !
C'est bon genre d'en charroyer une et
de se compromettre avec elle ; c'est à ça
que nous servons, nous autres, à nous
faire plaindre de vivre avec de pareils
imbéciles et à les faire huer parce qu'ils

fréquentent de semblables drôlesses ;
quand ils sont las de notre accoutre-
ment, bonsoir, trouves-en un autre,
ma fille ! Et l'on nous reproche de sac-
cager des fortunes ! mais c'est la guerre
après tout ! l'on ravage et l'on pille !
Tiens, tu me parlais autrefois d'une
femme, je n'ai pu retenir son nom, je
ne suis pas savante d'abord, qui était
une statue. Elle s'anima, m'as-tu dit,
sous le baiser de l'homme qui l'avait
faite ; c'est le contraire maintenant,
nous devenons de marbre quand ils
nous embrassent ! Ah ! si tu savais
combien je suis fatiguée de jouer ce
rôle ! Tiens, ce n'est pas vrai, je ne suis
pas venue par hasard ici, je suis venue
exprès, je voulais me réchauffer les
pieds contre les tiens, et c'est bête ce

que je vais te dire, mais vois-tu, il y
a des jours où ça semble bon de ne
point passer la soirée avec des gens
riches ; et puis, c'est bien naturel après
tout, on hait ses nourrisseurs !

Il ne l'écoutait même pas ; elle se
résolut alors à le reconquérir quand
même, elle lui saisit la tête à pleins
bras et, le couvrant de baisers, elle
le culbuta dans une charge à fond de
train des lèvres !

Il dormit mal, et dès l'aube il se leva,
s'assit dans un fauteuil et regarda la
fille sommeillant dans ses cheveux qui
s'épandaient en un torrent vermeil sur
le ravin des oreillers blancs. Il avait
décidément assez d'elle ; elle lui répu-
gnait depuis qu'il connaissait sa ma-
nière de vivre, il la jugeait méprisable

entre toutes, et cependant comment
éviter la pipée de ses yeux, comment
échapper à l'affût de sa bouche ?

Elle se retourna et, souriante, la tête
un peu renversée, le cou gonflé, la
chemise ouverte, laissant entrevoir
sous le brouillard des malines des
éclaircies de peau blanche, elle soupira
doucement. Il la regardait, étonné de
n'avoir plus de désirs pour cette femme
qui l'embrasait jadis ; il n'éprouvait
plus maintenant qu'une honte, une sorte
de déchéance, celle d'avoir subi des
caresses qu'elle prodiguait aussi large-
ment sans doute à tous ceux qu'elle
rencontrait dans ses courses.

Certes, celle qui le visitait maintenant était, comme maîtresse, inférieure
à Marthe. Plus d'énergies folles, plus

de turbulences charnelles, mais une
quiétude profonde, une inertie sans
réveils. Léo l'avait ramassée un soir
en se baissant, et elle avait poussé chez
lui avec cette indifférence des plantes
vivaces. Elle était avec cela mariée et
séparée d'un époux qui la foulait à
coups de poings, et cependant quand
elle y songeait elle avait de grosses
larmes dans les yeux, pleurant sur son
sort, répétant qu'elle eût aimé à vivre
près de lui et à avoir des enfants. Elle
eût été insupportable si elle n'avait
servi au poète de havre où il renfloua
sa barque en détresse. Il avait même
fini par s'attacher à cette pauvre femme,
si timide qu'elle n'osait lever les yeux
et si peu coquette qu'elle se coiffait, la
nuit, de madras à raies.

Il regretta de ne lui avoir pas ouvert, et il fut à ce moment furieux contre Marthe; il évitait maintenant de la regarder, mais elle ouvrit les yeux et l'appela près du lit. Il fut presque sur le point de retomber sous le charme, tant elle était fascinante cette gouge aux prunelles claires! mais le jour qui blutait sa poudre d'or au travers des rideaux, lui montra son visage bleui par les meurtrissures des nuits et cette attitude qui décelait la fille traînée par tous les cloaques des villes; il ne répondit pas et il sifflotta tout en regardant par la fenêtre.

Marthe se leva, s'habilla lentement et lui dit :

— Tu as raison, après tout, nous sommes usés, mon cher; j'ai cru retrou-

ver nos anciennes ivresses et nous ne
sommes plus de force, ni l'un, ni l'autre,
à les faires renaître ; mieux vaut en
finir et ne plus nous voir. Je m'en vais,
et pour de bon, cette fois.

Elle lui tendit la main ; il ne se sentit
point la force de ne pas l'embrasser
sur la joue, et plus ému qu'il ne voulait
paraître, il laissa la porte se fermer sur
elle.

XI

Marthe rentra au logis, défaillante
et farouche. Son amant l'avait attendu
pendant toute la nuit, et il avait préparé pour son retour une série de
phrases mi-sentimentales, mi-gouail-
leuses. Aux premiers mots qu'il pro-
nonça, elle le regarda en face et lui
dit :

— Le loyer est-il à mon nom ?

Et comme il répondait oui : — En

ce cas, cria-t-elle, vous ne feriez pas
mal de me ficher votre camp !

Il fut étonné, balbutia quelques injures, et finalement emporta sa chemise en foulard de soie et disparut.

Quand il eut quitté la chambre, elle
respira et, courant à l'armoire, avala
d'un trait un grand verre de kirsch,
puis elle saisit avec rage le goulot du
flacon et but à même.

Cette ribote la rendit malade et plus
triste que jamais. Une foule de jeunes
gens vint la voir, se proposant de
remplacer leur ami dans ses bonnes
grâces ; elle préféra les avoir tous
plutôt que d'en endurer un seul, et
elle recommença son ancienne vie, ne
se sentant aucune affection, aucune
tendresse pour tous ces gens qui fai-

saient la chaîne le long de sa couche,
comme si elle eût été brûlée dans un
incendie d'amour ! Elle en arriva à
prendre pour amants de cœur d'ignobles hommes aux casquettes bouffies
et portant sur les tempes les stigmates
des infâmes : les acroche-cœurs. Ceux-
là la dégoutèrent plus encore et elle
s'ingénia à passer les nuits seule.

Alors, sous les courtines de soie
pâle, dans l'insomnie qu'elle ne pouvait vaincre, elle songea au passé. Elle
en vint à pleurer sa petite fille qui
était morte en naissant et à aimer presque le jeune homme qui l'avait soignée
dans cette crise horrible ; puis à mesure
que sa lamentable vie se déroulait devant elle, comme les tableaux chan-
geants d'un kaléïdoscope, elle frisson-

naît, mesurant la profondeur des boues
où elle avait plongé, et quand elle arriva à cette phase de son existence où
elle avait servi dans le régiment des
mercenaires, alors, dans le silence de
l'alcôve, se dressa, avec sa robe ba-
riolée et ses hurlements de sinistre
joie, le spectre des maisons de filles !

Elle entrait, confuse, et des âmes,
rendues charitables par l'ivresse, lui
disaient : N'aie donc pas peur, tu t'y
feras bien vite; puis on la déshabillait
et elle n'avait plus pour tout vêtement
qu'une mousseline, sous laquelle son
corps s'estompait en rose; l'on appor-
tait des verres et elle se mettait à jouer
au nain-jaune des moos de bierre lou-
che, jusqu'à l'arrivée de M. Henri, le
coiffeur chargé de rafistoler les fem-

mes. Quand chacune avait sur le crâne
un étage de tignasse et au dessus du
front un tas de banderolles et de
fleurs, on buvait l'absinthe, on bras-
sait à nouveau les cartes, attendant
l'heure d'appareiller, soit pour Lesbos,
soit pour Cythère; après le dîner, enfin,
tout le monde descendait au salon et,
debout sur le seuil, la mère Jules
guettait.

Il venait deux, trois, vingt personnes;
on demandait à boire, on montait au
premier, puis le timbre sonnait et
toutes se bousculant, se chatouillant, se
pinçant, dégringolaient l'escalier, quatre
à quatre, faisant tourbillonner dans la
vapeur rouge des gaz leurs oripeaux de
théâtre ou se découpant, blanches et
nues, sur le faux marbre des murailles.

On atteignait ainsi onze heures, la
table était prête pour le souper, et tout
l'escadron remontait et s'empiffrait des
rondelles de cervelas, des tartines de
rillettes, des parts de lapin aux pommes, et le timbre retentissait encore;
chacune avalait le morceau qu'elle avait
en bouche, et pour la vingtième fois
elles s'engouffraient avec un bruit de
tempête dans la salle du marché, puis
remontaient, sauf une ou deux, qui
rentraient plus tard les bas luisants
de pièces d'argent ou d'or.

Mais c'était vers une heure du matin que le délire atteignait son intensité
suprême. Les passagers affluaient; alors
les gambades et les cabrioles, les pié-
tinements et les huées ne cessaient plus,
les filles luttaient entre elles de bêtise

et d'entrain. Elles sautaient, se trémoussaient, se tordaient, les lèvres écla-
boussées de laque rose, les dents frottées
de ponce! Fouettées par le vin, épe-
ronnées par l'alcool, elles hennissaient,
regimbantes, ou s'abattaient fourbues
et veules sur les divans.

D'autres fois, au terme de la veillée,
vers trois heures du matin, alors que
toutes les femmes demandaient aux
hommes de leur dire l'heure et persis-
taient à les étourdir de l'éternel refrain :
Tu payes à boire! un monsieur entrait
et disait à l'une d'elles : « Va t'habiller,
je t'emmène, » et il s'installait, les
jambes croisées, fumant son cigare,
attendant que son achat lui fut remis,
empaqueté dans de l'étoffe noire; l'on
entendait alors des appels dans l'esca-

lier, la femme demandant une chemise
à Madame, attachant avec des épingles
les jupes qu'on lui prêtait ; elle descendait enfin, débarrassée de son rouge et
de sa poudre, et allait embrasser ses
camarades comme si, partant la nuit, à
l'aventure, elle craignait de ne les plus
revoir, On sortait, et appuyée sur la
rampe, la loueuse criait de sa voix
brève : « Je t'attends demain à midi,
ne t'amuse pas en route. »

Ce fut une nouvelle fascination pour
Marthe, ce fut cette attraction du vide
sur lequel on se penche que cette vie
chauffée à blanc, que ces culbutes, que
ces pirouettes, que ces verres vidés sur
le coude, que ces disputes entre l'une
et l'autre pour un ruban ou pour un
homme, que ces raccommodements

entre deux galops ; elle se souvint avec
un singulier plaisir de ces ardeurs et de
ces fièvres qui la faisaient délirer et se
tordre, comme cette frénésie et ce vertige qui font ululer et bondir les der-
viches hurleurs affolés par le tournoie-
ment de leurs rondes !

Et puis, c'était une déroute de toutes
les idées tristes, une abdication volon-
taire des luttes d'ici-bas, que ce désordre
sans cesse attisé : la prison éloignait
toutes les difficultés de l'existence, on
ne s'occupait plus de rien sinon de gagner assez pour perdre au jeu et s'ivro-
gner si les passants se refusaient à
payer l'écot, et cependant, quelle misère et quelle abjection ! Sans doute,
elle s'y était faite aux baisers méprisants
des hommes, mais, les premiers temps,

comme le goût de cette bourbe lui avait
tenu en bouche! le chaland se levait
le matin et, dégrisé, reconnaissant l'endroit où il avait couché, furieux contre
lui-même, plein de dégoût pour la
femme qui l'avait frôlé, il s'habillait
en un tour de main, secouait le blanc
qui marbrait ses habits et s'échappait
sans même lui dire adieu ; elle entendait
son pas précipité sur les marches, puis
il s'arrêtait près de la porte, attendant
que l'omnibus fût passé pour sauter
dans la rue et s'enfuir. Et quelle humi-
liation lorsqu'elle-même ayant passé
la nuit dehors rentrait au jour ; le laitier
et le boucher, fumant leur pipe sur le
pas de leurs boutiques, avaient des rires
insultants et ils lui crachaient aux jambes,
quitte à venir les lui embrasser le soir !

Enfin, grâce à Ginginet, qui avait répondu d'elle, se disant prêt à l'épouser, elle n'était plus sujette du bureau des mœurs, et la pensée qu'elle allait refaire à nouveau partie de ce bétail que la police doit surveiller et traquer sans relâche lui donnait froid dans le dos.

Elle ne se dissimulait pas les douloureuses voluptés de cette servitude, et cependant elle était attirée par elles comme un insecte par le feu des lampes; tout lui semblait valoir mieux d'ailleurs, le péril des tempêtes, la chasse sans merci, que cette navrante solitude qui la minait.

Elle se réveillait de ces visions, l'esprit détraqué, les joues en sueur, elle suffoquait dans sa chambre, et

parfois elle descendait pour prendre
l'air et se traînait le long des murs,
avec une démarche et des gestes de
mourante. La fraîcheur du matin, le
clair soleil chassaient ces rêves et elle
allait tomber sur un banc, dans un jar-
din public ou dans un square, regardant le sol qu'elle creusait avec la pointe
de ses bottines, tamisant, au travers de
ses doigts, de la terre en poudre. Mais
tous ces enfants qui faisaient des petits
pâtés avec des seaux en fer-blanc
l'exaspérèrent; ils lui rappelaient le temps
où, elle aussi, se ventrouillait dans la
poussière et plantait des branches
d'arbre sur des tas de cailloux. Elle se
prit alors à errer dans Paris, et un
jour qu'elle déambulait ainsi au hasard
elle tomba, au détour d'une route,

devant une caserne, à l'heure où les
mendiants viennent chercher la
soupe.

Elle s'arrêta dans une sorte de cul-
de-sac, bordé au nord par cette caserne,
quelques marchands de vins où buvaient, à l'ombre de pins en caisse,
des vieillards, pansus comme des tou-
railles; au sud, par une échoppe à
fritures et à crêpes, un restaurant
interlope avec ses bols de riz au lait
et ses crèmes tremblantes, et par un
sordide marchand de bric-à-brac, à
la porte duquel pendaient en désarroi
des crinolines dont les chairs s'étaient
dissoutes et dont les carcasses d'archal
sonnaient aux vents.

Plus près enfin, à l'entrée de l'im-
passe, trois arbres aux troncs flacheux

dressaient de leurs manches de terre
des bras éplorés et difformes.

Une pelletée de misérables avait
été jetée dans le ruisseau au pied de
ces trois arbres. Il y avait là des
pauvresses aux poitrines rases et au
teint glaiseux, des ramassis de ban-
croches, des borgnes et des ventrées
de galopins morveux qui soufflaient
par le nez d'incomparables chandelles
et suçaient leurs doigts, attendant
l'heure de la miche.

Accotés, accroupis, couchés les uns
contre les autres, ils agitaient des ré-
cipients inouïs : casseroles sans queue,
pots de grès cravatés de ficelles, bi-
dons cabossés, gamelles meurtries,
bouillottes sans anses, pots de fleurs
bouchés par le bas.

Un soldat leur fit signe et tous se précipitèrent en avant, tête baissée, aboyant comme des dogues, puis, quand leurs écuelles furent pleines, ils s'enfuirent avec des regards voraces et, le derrière sur le trottoir, les pieds dans le ruisseau, ils avalèrent goulûment leur bâfre.

Marthe frémit a la vue d'un vieillard qui buvait sa soupe à même d'une chauffrette et elle regarda, tout interdite, ce visage feutré d'une barbe grise, ces yeux clignotants et troubles, ce nez qui perçait, tout praliné de rouge, la croûte flasque et comme morte des joues. Ce crâne peluché, ces loques cousues avec des ficelles, ces habits couleur de bouse, cette culotte mangée des mites, étoilée de

trous, cuirassée de fange, ce gilet
racorni, rongé, ratatiné par tous les
soleils et par toutes les pluies, ces
savates sans nom, éculées et ava-
chies, ouvrant, pour laisser passer
l'orteil, des lucarnes de cuir roux ;
cette figure enfin, ravagée par tous
les excès, ce hideux tremblottement
des jambes, ces mains qui dansaient
toutes seules, sans que l'homme les
remuât, l'émurent d'une poignante
pitié, et elle blêmit alors que le men-
diant s'approcha d'elle et lui dit à
voix basse :

— Tu ne me reconnais pas? Je suis
Ginginet.

— Oh ! fit-elle, abasourdie, comment, c'est toi ! Et tu en es arrivé là !

— Il a bien fallu ; j'ai tout mangé,
j'ai tout bu, j'ai fait faillite comme un
vrai commerçant ; ratiboisé, ma chère ;
et avec ça, plus de voix, je ne puis
même plus filer un son, le battant
de ma sonnette est perdu ; je l'au-
rai avalé par mégarde dans le fond
d'un litre. Hein ? je suis changé, dis
donc ? Ah dame ! je suis vêtu sans
prétention et sans chic, mon elbeuf
se déforme, mon grimpant se détra-
que et mes bottes sont blettes, —
que veux-tu ! Ça vous vieillit un
homme que d'être dans la misère et
d'avoir toujours soif ! Mais voyons,
parlons un peu de toi. Sais-tu que tu
es toujours mignonne et, qui plus
est, crânement ficelée. Tu dois être
riche ! Ah bien alors, tu devrais bien

me prêter quelques sous pour boire
une chopine; et tendant un affreux
bourgeron, il ajouta avec son effroyable sourire : Un jaunet, ma princesse,
ça vous portera bonheur.

Les yeux de Marthe eurent comme
une explosion d'ivresse :

— Ah! dit-elle, depuis le temps où
tu me rouas de coups, tu n'as point
fait fortune; cela doit te paraître
dur, hein, de me demander l'au-
mône?

Puis, à la vue de ce visage, tanné
et comme fumé par la misère, sa jac-
tance tomba, la pitié lui revint au
cœur, elle embrassa la barbe hideuse
du comédien, et lui jetant tout ce
qu'elle avait en poche :

— Bah! dit-elle, nous nous valons;

c'est égal, mon cher, si c'était à recom-
mencer ! Sais-tu qu'il vaudrait mieux
bûcher et trimer pour de vrai, ça rap-
porterait plus !

XII

L'homme qui est, à l'hôpital de Lariboisière, préposé tout à la fois au service des écritures et du balayage de la
salle des autopsies, poussa la petite
porte qui sépare cette pièce de la chambre des morts, ferma les rideaux blancs
des lits, épousseta l'autel, renouvela,
dans les terrines, les provisions de
chlore, repiqua sur le bois d'un cercueil
un laisser-passer qui s'envolait, rem-

maillotta dans le drap le pied d'une
femme, but un coup de vin, et sans
paraître incommodé par l'épouvantable
odeur fade qui se dégageait des deux
salles, il repassa dans la première qu'il
nettoya à grand renfort de seaux
d'eau.

Cette pièce était exclusivement meu-
blée de tréteaux doublés de zinc et
d'une fontaine qui chantonnait près de
la porte. L'homme jeta, au passage,
un regard indifférent sur un cadavre
de vieillard couché sur l'étal, les jambes
rapprochées, le ventre gonflé comme
un ballon, la figure atrocement ré-
vulsée, et, prenant une éponge, il se
mit en devoir de récurer les tables de
la dissection.

Il s'assura que leur trou n'était pas

bouché, que le seau de fer-blanc était
bien pendu au dessous de leur orifice,
puis il déposa dans la vasque de la
fontaine son éponge qui se dégorgea,
but une nouvelle lappée de vin, aperçut
une grande tache rouge qui marbrait
la rigole, et, pris soudain d'une frin-
gale de propreté, il rangea le long du
mur un baquet rempli de son, une
paire de galoches, deux bocaux où marinait, dans un bain d'alcool, une horrible bourbe veinée de rose, tira les
ficelles des vasistas qui surmontent les
deux fenêtres, sortit et s'en fut au devant de deux internes, à tabliers blancs
et à calottes noires, qui refermaient la
porte de la salle Saint-Ferdinand bis.

— C'est égal, disait l'un, lorsqu'on
apporta sur une civière ce malheureux

Ginginet, j'ai reçu comme un cahot
dans l'estomac, j'ai revécu, en une mi-
nute, toute ma vie d'autrefois; je me
suis rappelé le temps où, vêtu d'une
vareuse rouge, je hurlais au poulailler
de Bobinche, insultant Ginginet et
applaudissant Marthe; je me suis rappelé, enfin, ce fameux soir où je
conduisis Léo dans la rue de Lourcine.

— Tiens, répliqua l'autre, qu'est-il
devenu ton ami Léo?

— Oh! mon cher, c'est toute une
histoire! il s'est enfin décidé à me ré-
pondre. Imagine-toi que... mais non,
tiens, lis plutôt sa lettre, je t'assure
qu'elle est curieuse.

Ce fut à ce moment que le gardien les rejoignit.

— Eh bien ! père Machin, lui dirent-ils, quoi de neuf?

— Je vous cherchais, toussa le vieux. Il y a, paraît-il, un sujet intéressant; ce matin, on va disséquer un homme qui s'est laissé mourir à force de lichotter; il avait, disait le médecin, un tas de maladies plus épatantes les unes que les autres. Mais vous avez bien dû en entendre parler, monsieur Charles; c'était le numéro 18 de la salle Saint-Vincent.

—Ah! fichtre, s'écria le jeune homme, mais alors c'est Ginginet qui est mort

et moi qui voulais aller prendre de ses
nouvelles ! Enfin ! nous irons au moins
voir son autopsie à ce pauvre diable !

Et ils marchèrent d'un pas plus rapide. La séance n'était pas encore
commencée; ils s'accotèrent, après
avoir échangé force poignées de main
avec les assistants, contre la fontaine,
et, dépliant la lettre, ils lurent à mi-
voix :

« Tu me demandes ce que je fais et
à quoi je passe mon temps? Je vague,
mon ami, au bord d'une rivière, je regarde couler l'eau et je ne pêche pas!
— je me promène et je dors — j'ar-
rose aussi des fleurs, je fume des bouf-
fardes à culottes noires, je bois du vin

âpre, je mange des ratas succulents,
c'est te dire que je me porte à ravir et
que j'ai eu bien du mal à trouver un
encrier pour t'écrire ces quelques lignes.

« Mais causons maintenant de ceux
que j'ai laissés, depuis tantôt deux
mois, dans Paris. — Marthe, me
dis-tu, est rentrée dans le tripot
qu'elle habitait jadis. Oh ! tu aurais
pu, pour m'apprendre cette nouvelle,
éviter toute espèce de circonlocu-
tions : c'était fini entre nous et tu le
savais. — A défaut d'affection, je n'ai
même plus d'intérêt pour elle ; sa vie
ne changera guère maintenant. — Ad-
mettons encore une alternance de
richesse et de misère et ce sera tout ;

elle finira dans une crise d'ivrogne-
rie ou se jettera, un jour de bon
sens, dans la Seine. — En vérité, ce
n'est plus la peine que nous nous
occupions d'elle, et puis, que peut
me faire ce qu'elle deviendra ? car il
faut bien que je t'annonce une grande
nouvelle : je me marie.

« Eh ! ne t'exclame pas ! — Ecoute :
quand nous étions réunis chez moi,
que de plaisanteries, que de gorges-
chaudes nous avons faites sur le mariage ! c'était banal, c'était bête. —
Deux individus se réunissaient, à une
heure convenue, au son d'un orgue
et en présence d'invités impatients
d'aller se repaître de mets qui ne
leur coûteraient rien, puis au bout

d'un nombre de mois déterminés, sauf accident, ils donnaient le jour à d'affreux bambins qui piaillaient, pendant des nuits entières, sous le prétexte qu'ils souffraient des dents, et alors, dans le grésillement des pipes, nous décrétions que jamais un artiste ne devait s'enjuponner sérieusement.

« Comme vous me l'avez bâillé belle avec votre liberté que le mariage étranglait ! vous étiez à peine sortis de chez moi que vous couriez la perdre avec des ramassées quelconques ! Ah çà, voyons, est-ce que tu ne les méprisais pas autant que moi, ces filles dont tu te disais épris ? Est-ce que, lorsque nous restions en tête à tête avec elles, tous nos ins-

tincts de gens bien élevés ne se rebel-
laient pas devant leur grossièreté na-
tive ? Est-ce que vous ne finirez pas
comme moi, quitte à épouser, comme
l'ont fait plusieurs d'entre nous, des
filles de sorcières ou de concierges
qui se tireront les cartes et ne se pei-
gneront plus, le jour où elles auront
traîné leur robe sur le parquet d'une
mairie ? Et bienheureux encore les camarades, lorsqu'elles auront des jupes
bâties à coups d'épingles et des tei-
gnasses qui brandilleront au vent !
Celles-ci se laissent parfois cacher,
mais quand on fait comme notre ami
Brice, qu'on épouse une fille de bohê-
me, dont Dieu sait qui eut l'entame !
une dondon qui enveloppe de robes
carnavalesques ses grâces de laveuse

et veut faire la dame, s'imposant
quand même chez les gens qui ne
l'invitent pas, les forçant à la faire
asseoir devant une table qu'elle de-
vrait desservir, ça devient tout simplement odieux, car celles-là ont des
ordures de ruisseau qui leur gar-
gouillent dans la bouche et qu'elles
lâchent au dessert, en même temps
que les agrafes de leur corset !

» Et voilà ou nous en arrivons,
nous autres, les indépendants ! Epou-
ser sa maîtresse, c'est être aussi bête
que Gribouille qui, de peur de la pluie,
se jetait dans l'eau. Et puis encore
faut-il en trouver des maîtresses; j'en
ai eues, parbleu ! des femmes à tant
le verre, mais j'avais le vin triste ! Et

c'est alors que j'ai couru après ces
fillettes qui se pendent, le dimanche,
au bras des ouvriers; mais elles ne
m'ont pas aimé, moi! Je n'étais pas
de leur monde, elles me trouvaient
poseur, embêtant enfin, et pourtant
l'une s'amouracha de moi pendant huit
jours. Ce fut accablant, mon cher;
je dus sortir avec elle en cheveux,
supporter ses rires éclatants dans
la rue, subir ces abominables ex-
pressions : « vrai, pour sûr, oh alors ! »

« Eh bien! c'est à la suite de ces
promenades que j'en vins à chercher,
parmi les filles les plus pimentées de
toilettes, à trouver des réveillons de
désirs dans une fleur de poudre, dans
un rehaut de fard, à me gaudir enfin

devant une gorge noyée dans une
brume de dentelles que déchirait l'é-
clair des rubans pâles ! Et j'étais sin-
cère alors ! J'aimais moins une femme
pour elle-même que pour ses bouffettes
et ses chiffons. Quelle absurdité ! Et
comme, aujourd'hui que la raison
m'est venue, je m'étonne d'avoir été
si bête ! Je n'ajouterai pas à ta stupeur
en te faisant l'éloge de ma femme ; ne
crains rien, je ne te dirai point qu'elle
est belle, qu'elle a des yeux de saphir
ou de jayet, et que ses lèvres sont
cinabrines, non ; elle n'est même pas
jolie, mais que m'importe ? Ce sera
terre à terre que de la regarder, le soir,
ravauder mes chaussettes et que de
me faire assourdir par les cris de mes
galopins, d'accord ; mais comme, mal-

gré toutes nos théories, nous n'avons
pu trouver mieux, je me contenterai
de cette vie, si banale qu'elle te puisse
sembler.

» Que te dirai-je de plus? Je ne suis
pas un fier Sicambre, mais je brûle
tout ce que j'ai adoré; et quant à Marthe, puisque tu me parles encore d'elle
à la fin de ta lettre, je lui pardonne
toutes ses vilenies, toutes ses traî-
trises; les filles comme elles ont cela de
bon qu'elles font aimer celles qui ne
leur ressemblent pas; elles servent de
repoussoir à l'honnêteté. Mais je t'em-
bête, hein, mon pauvre vieux? Par-
donne-moi tous ces rabâchages et tends
ta main, que je la serre. »

Sacré nom!... dit le jeune homme en
repliant la lettre.

Mais ses camarades le poussèrent du coude pour le faire taire, et le père Briquet, décalottant d'un coup de ciseau le crâne du comédien, commença de sa voix traînante :

— L'alcoolisme, Messieurs...

FIN

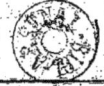

9-2973 Paris, Typ. Morris père et fils, rue Amelot 64.

EN VENTE

A LA LIBRAIRIE DERVEAUX

32, RUE D'ANGOULÊME-DU-TEMPLE

LES THÉATRES DE PARIS

35 EAUX FORTES

Gravées par P. LOISEAU-ROUSSEAU

Le tirage de ces eaux fortes est limité à soixante-quinze exemplaires qui seront numérotés.

10 exemplaires nᵒˢ 1 à 10, sur chine, prix. 40 fr. ch.

15 exemplaires, nᵒˢ 11 à 25, 1/4 colombier teinté, prix. . . . . 25 fr. —

20 exemplaires nᵒˢ 25 à 45, 1/2 raisin, papier ordinaire, prix. . . . . 25 fr. —

30 exemplaires nᵒˢ 46 à 75, 1/4 raisin, papier ordinaire, prix. . . . . 20 fr.

Après le tirage, les planches de cette collection seront brisées.

Les exemplaires sont en outre garantis par une couverture Bradel.

AVEC TITRE EN OR SUR LES PLATS

92973 — Paris Morris père et fils, imp. bret., rue Amelot, 64